아무것도
아닌 줄 알았는데
뭐라도 되고 있었다

아무것도
아닌 줄 알았는데
뭐라도 되고 있었다

초판 1쇄 인쇄 2018년 5월 14일
초판 1쇄 발행 2018년 5월 21일

지은이 김지희
책임편집 조혜정
디자인 그별
펴낸이 남기성

펴낸곳 도서출판 쿵(프로젝트A)
인쇄,제작 데이타링크
출판사등록 신고번호 제 2016—000310호
주소 서울특별시 마포구 잔다리로3안길 29, 지층 1호
대표전화 (070) 7555—9653
이메일 sung0278@naver.com

ISBN 979-11-88345-42-7 03810

ⓒ김지희, 2018

이 도서의 국립중앙도서관 출판예정도서목록(CIP)은 서지정보유통지원시스템 홈페이지
(http://seoji.nl.go.kr)와 국가자료공동목록시스템(http://www.nl.go.kr/kolisnet)에
서 이용하실 수 있습니다.(CIP제어번호: CIP2018014285)

아무것도
아닌 줄 알았는데
뭐라도 되고 있었다

김지희 지음

자화
상

무심코 내뱉은 말 속에서
당신의 삶을 들여다봅니다

다른 듯 같은 하루, 한정된 단어로 매일을 연명하는 일상이 문득 권태롭게 느껴질 때, 그럴 때마다 괜히 애먼 단어를 조물락거리곤 합니다. 낯선 음가로 수줍게 존재를 드러낸 단어 몇 음절이 뭐라도 해줄 것 같았거든요. 정말로 그랬습니다. 나 혹은 다른 누군가가 건넨 단어 안에서 힘을 얻는가 하면, 예상치 못했던 새로운 세상을 만나기도 했습니다. 아무것도 아닌 줄 알았던 짤막한 단어가 정말 뭐라도 해주고 있더군요.

이 책에 수놓은 단어들이 바로 그러한 것들입니다. 제삶에 버팀목이 되어준 단어들이요. 오롯한 홀로서기, 그리고 끈끈한 어울림 사이를 넘나드는 삶의 성장통 속에서 저를 지탱해준 단어들입니다.

당신의 단어는 저와는 또 다른 생각과 감정들로 물들어 있겠지요? 당신의 마음에 깃들어 있을 또 다른 생각들이 궁금해집니다. 책을 읽다 불현듯 특별한 영감이 떠오른다면, 문장과 문장 사이, 책의 여백 아무 곳에나 끄적여 주세요. 당신의 모든 순간에 다채로운 시선과 생각, 감성이 폴폴 묻어났으면 좋겠습니다.

2부

너에게 가까이 다가가는 과정에 대하여

3부

우리의 유대가 돈독해지기를

1부

내 인생을 가꿔나가는
과정에 대하여

보다 더 완전한 내가 되고 싶다.
스스로의 취향과 재능에 대해
깊이 사색할 줄 아는,
이따금 들이닥치는 지지부진한 생각들까지도
거뜬히 컨트롤할 수 있는
완전무결한 내가 되고 싶다.

1

진실된
나를
찾아가는

"좋아해"

좋아하는 노래와 음식과 사진,
그 밖의 소소한 취향 하나하나에서도
한 사람의 생각과 감정이 보인다.
나의 시시껄렁한 취향들이
자꾸만 신경 쓰이는 이유다.

당신을 특별하게
만드는 순간들

한 사람이 좋아하는 것들, 그 하나하나를 통해 그 사람
이 읽힌다. 하물며 책 읽는 모습만 봐도 그렇다. 책의 목
차부터 차례로 읽어 내려가는 사람은, 맥락을 중요하게
여기는 사람이다. 거시적인 안목에서 큰 줄기를 파악하
고, 그 안의 구슬을 한 알씩 꿰맞추어가는 방식으로 차분
히 세상을 이해한다.

반면, 호기심 가는 단락부터 골라 읽는 사람도 있다. 그
런 사람은, 급한 호기심부터 먼저 해결한 뒤에 눈길 가는
순서대로 살을 붙여 나가는 유연한 방식의 소통을 즐긴다.

좋아하는 노래와 음식과 사진, 그 밖의 소소한 취향 하
나하나에서도 한 사람의 생각과 감정이 보인다. 나의 시
시껄렁한 취향들이 자꾸만 신경 쓰이는 이유다.

나만의
DIY 롤 모델

"롤 모델이 누구예요?" "가장 닮고 싶은 사람이 누구예요?"라는 질문에 딱 한 사람을 꼽는다는 건 참 어려운 일이다. A씨는 이런 점이 참 괜찮다고 생각했는데, 막상 겪고 보니 아쉬운 면이 있더라. 보통 이런 식이다. 완벽한 롤 모델을 옆에 둔다는 건 불가능에 가까운 것 같다. 아니 한편으론, 이런 생각도 든다. 나의 복잡다단한 취향들을 총체적으로 반영하고 있는 인간이 과연 정상이긴 할까.

나만의 'DIY 롤 모델'이 있다. '완벽한 사람은 없을지라도 누구에게나 좋아할 만한 구석이 하나쯤은 있다'는 믿음 아래, 내 주변인들의 좋은 점들을 수집하기 시작했다. 그렇게 모은 조각들을 틈틈이 엮어놓은 것이, 바로 'DIY 롤 모델'이다. 가령, 이런 식.

A의 신중함: 사람이든 상황이든, 어떤 것도 섣불리 판단하지 않는다. 쉽게 자만하거나 포기하지 않는 균형감으로 찬찬히 성장해간다.

B의 심플함: 생각이 복잡하지 않다. 모든 상황을 가뿐하게 받아들이고, 쉬운 해결책을 찾아낸다.

C의 평정심: 쉽게 감상에 젖어 걱정하거나 불안해하지 않는다. 언제나 감정의 중심을 잡을 줄 알며 담대하다.

D의 센스: 특유의 세련된 감각이 있다. 타인을 위해 자신의 센스를 기꺼이 발휘하며, 거기서 기쁨을 느낀다. 그렇다고 다른 이의 감각을 무시하진 않는다.

E의 의리: 평상시의 행동은 거칠고 투박하지만, 중요한 순간에는 세상 따뜻한 마음을 드러낸다. 츤데레다.

좋아하면 닮는다고 하지 않던가. 망설임의 모든 순간마다 "A라면 어떻게 행동했을까? D라면?"이라 물으며, '나'라는 그림을 완성해나갈 생각이다.

'나+A+B+C+D+E=?' 결국에 어떤 작품이 탄생하게 될까?

2

좋아해

탐색법

'좋아'의 반대말은 '싫어'가 아니다.
좋아하는 감정이란 어디로 튈지 모르는 탁구공과 같아서,
지금 좋아하지 않는다는 건, 단지 '아직 좋아해보지 않은
무엇'일 뿐인 거다.

내가
뭘 좋아하더라?

'좋아하는 것을 탐색하라.' 언뜻 쉬워 보이지만 막상 엄
두가 나지 않는 주문이다. 도대체 어디서부터 어떻게 건
드려야 할까?

우선, 범위를 한정 짓지 않기로 한다. 남녀 불문, 연령
불문, 국적 불문, 종목 불문의 방대함을 표방할 작정이다.
트로트와 격투기를 좋아하는 어느 10대 소녀의 취향, 실
은 이런 취향이 더 매력적이다.

애써 그럴 듯한 의미를 부여하지 않기로 한다. 좋아하
는 데에 너무 많은 의미가 존재한다면, 게다가 그 의미들
이 몹시 훌륭하다면, 그 '좋음'에는 마음보단 머리가 앞장
서 작동했을 위험이 있다. 어쩌면 그런 종류의 '좋음'은
금세 시들해질지도 모른다. 시답잖은 '좋음'이 오히려 진

짜일 수 있다.

습관처럼 남발해보기로 한다. 잘하지 않아도, 지식이 없어도, 광적인 좋음이 아닐지라도 일단 닥치는 대로 좋아해보기로 한다. 좋아하는 것을 남발하다 보면 그 가운데 취향이 생길 것이며, 그 취향을 따라가다 보면 듬직한 취미가 탄생할 거라 믿어본다.

'광범위한 장르의 시답지 않은 것들을 수시로 둘러볼 것!'

이것이, 내가 택한 '좋아해 탐색법'이다. 좋아 보이는 것 말고, 내가 정말 좋아하는 것들로 나의 오늘이 채워지기를.

싫은 것들을
대하는 자세

좋아하는 것과 싫어하는 것. 상반된 듯 보이는 이 둘은, 사실 필연적이다. 좋아하는 것이 분명히 걸러질수록 싫은 것도 명확해지는 탓이다. 싫어하는 감정에 대해 곰곰이 생각하다 얼마 전 건네받은 청첩장이 떠올랐다.

그 글귀가 유독 인상적이었는데, 내용은 이러했다. '운동하는 여자를 너무나 싫어하던 남자와 게임하는 남자를 너무도 싫어했던 여자가 만나, 결국 서로를 사랑하게 됐습니다.'

결혼하는 남녀는 여자 운동선수와 남자 게이머였다. 물론 이 청첩장 문구의 진의는 '그만큼 서로를 열렬히 사랑합니다'였겠지만, 슬쩍 뒤집어 생각해보면 '이 두 사람 모두, 좋고 싫음이 매우 분명한 성향입니다'라는 얘기가 된다. 두 사람, 괜찮을까?

내가 좋아하는 것들을 수북이 찾아두는 것도 중요하지만, 기필코 싫어하던 것들을 하나둘 줄여나가려는 노력 또한 필요할 것 같다는 생각이다. '좋아'의 반대말은 '싫어'가 아니다. 좋아하는 감정이란 어디로 튈지 모르는 탁구공과 같아서, 지금 좋아하지 않는다는 건 단지 '아직 좋아해보지 않은 무엇'일 뿐인 거다. 그렇담 지금 내가 몹시 싫다고 느끼는 것들 역시 (절대 불변의 혐오 대상이 아니라) 내일이라도 당장 좋아하게 될 수 있는 후보군인 셈이다. 솔직히, 좋다가도 금세 싫어지는 게 우리의 변덕 아니던가.

그의 대립된 취향에 고개 젓지 않기로 한다. 그녀의 괴상한 논리에 귀 닫지 않기로 한다.

설렘, 감탄, 감동,
결국엔 사랑

세상에서 가장 설레는 풍경은, 좋아하는 감정이 점차 사랑으로 옮겨지기까지의 풍경 아닐까? 간직하고 싶은, 그 설렘의 과정을 슬로모션으로 늘여보고 싶어졌다.

어느 늦은 오후, 한 여인이 한적한 카페에 앉아 차 한 잔을 마시고 있다. 그러다, 카페 벽에 걸린 그림 한 점을 향해 발걸음을 옮겨보는데….

한 발짝,
시선을 사로잡는 화려한 색채감각에 설렌다.
두 발짝,
섬세한 스케치에 감탄한다.

세 발짝,

작품 깊숙이 자리한 뜻밖의 통찰력에 감동한다.

한 사람을 만나 좋은 감정을 갖고, 그 마음이 차츰 사랑으로 번져가는 과정도 이와 비슷한 것 같다. 그녀의 화사한 눈빛에 콩닥콩닥 설레다 그녀의 각별한 관심에 감탄하게 되고, 결국 그녀의 남다른 통찰에 감동한다.

그렇게 사랑이 시작된다.

좋 아 해 와
사 랑 해

'좋아해'는 '사랑해'보다 한결 가뿐하다. 진한 포옹이
'사랑해'라면, '좋아해'는 가벼운 입맞춤이다. '사랑해'가
완숙한 절정의 향기를 자아내는 동안, '좋아해'는 풋풋한
시작의 향기를 폴폴 풍긴다.

'사랑해'는 모든 시선을 뒤덮어 콩깍지를 씌우지만, '좋
아해'는 아직 나름의 객관적 시선을 겸비한 상태다. 즉 좋
아하는 데에는 여러 가지 이유가 존재할 수 있지만, 그것이
사랑으로 옮겨간 이후부턴, 그 몇 가지 이유들이 모두 무색
해져 '이유 없음'의 상태에 이르게 된다.

'사랑해'에는 영원함이 내포되어 있지만, '좋아해'는 순
간의 감흥에 충실하다. 그렇기 때문에 사랑에 있어 변덕은
유죄에 가까운 반면, '좋아해'는 이에 대해 비교적 자유롭
다. 그러므로 설익은 호감을 부담 없이 드러내기엔, '좋아
해'가 적당하다. 덜컥 무르익은 사랑을 내던지는 것보단,
일단 그의 많은 것들을 좋아해보는 게 좋을 것 같다.

3

"재밌다"고

느끼는
순간들

사실 기막히게 재밌는 취미 하나를 갖는다는 건
그리 호락호락하지 않다. 대단히 의욕적인 자세로 마음을 일으켜 세워,
온몸을 진취적으로 움직여야 한다. 느끼고 깨닫고, 의미를 찾는
수고를 거듭해야 비로소 작은 실마리 하나를 발견할까 말까다.

우리들의
예능 습관

우리의 인생에서 '재미'라는 조미료가 빠지면, 과연 우리는 얼마는 버틸 수 있을까?

나는 한 걸음 느린 삶, 되도록 시간에 구애받지 않는 삶을 추구하는 편이다. 쉽게 말해 게을러 터졌다는 얘기다. 그런 내가 유달리 긴박하고 재빠르게 움직거리는 시간은 TV 시청 3분 전. 민첩한 속도로 소파에 엉덩이를 붙이고 리모컨을 부여잡는 이 긴박하고 재빠른 움직임은, 일상에 '재미'를 가미하기 위한 내 나름의 지혜다.

자고로 삶이란, 성취와 재미가 조화롭게 교차할 때 가장 이상적이라고 생각한다. 그런 의미에서 재미라는 감흥을 오로지 TV에 의존하고 있는 내겐, 이 3분의 시간은 꽤 커다란 비중을 차지할 수밖에 없다. 화요일 밤의 〈신서유기〉는 월, 화요일을 견뎌낸 데 대한 선물이며, 수요일 밤의 〈한끼줍쇼〉는 이제 레이스 중반에 접어든 우리 김지희 선수를 위한 파이팅이다. 〈무한도전〉은 마침내 주말을 맞이한 것에 대한 축배이고, 〈비긴 어게인〉은 일요일 밤의 처절함을 그래도 낭만으로 승화시켜보려는 야심찬 시도다. 그렇게 TV는 환희, 응원, 축하, 낭만 등의 다양한 형태로 나의 '재미'를 담당해낸다.

취미?
그것도 만만치 않더라

사실 기막히게 재밌는 취미 하나를 갖는다는 건 그리 호락호락하지 않다. 대단히 의욕적인 자세로 마음을 일으켜 세워, 온몸을 진취적으로 움직여야 한다. 느끼고 깨닫고, 의미를 찾는 수고를 거듭해야 비로소 작은 실마리 하나를 발견할까 말까. 당분간 초급자의 시행착오를 거쳐야 하며, 혹여 어느 정도 능숙해진 뒤에 재미를 느끼더라도 금세 거기에 싫증나버리기도 한다. 가족이 함께할 수 있는 취미를 마련한다는 것은 난이도가 더 높다. 양해와 설득의 과정, (아이가 있는 경우에는) 세대 간 눈높이까지 맞춰야 하는 고난의 과정들이 수반된다.

그런 의미에서 TV는 나처럼 게으른 인간들에게 있어 세상 간편한 재미 제조기다. 편성 시간에 맞춰 전원을 켜는, 아주 약간의 수고만 감수해낸다면, 이른바 전문 예능인들이 웃음보를 빵빵 터뜨려준다. 각자의 채널 취향이 다르다 하더라도, 민주주의 정신을 발휘해 공정한 시간 배분만 무사히 해낸다면 충분한 합의에 도달할 수 있으며, 심지어 요즘엔 다시보기, 휴대폰 시청이라는 옵션까지 준비돼 있다. 이 정도면, 요즘 시대에 '재미'라는 감흥과 가장 쉽게 손 잡을 수 있는 방법이 TV임은 명백해 보인다. TV에 나오는 예능인들의 몸값이 천정부지로 치솟을 수밖에 없는 이유는, 재미 찾기에 지나치게 의존적인, 우리들의 예능 습관 덕분일지도.

4

"너도
그래?

나도
그런데!"

'공감'만 한 빅재미가 없다.
'너도 그래? 나도 그런데.'
이 나란한 끄덕임이 주는 온기는,
연인과의 포옹 못지않게 따스하다.

일상 + 재미
(+의미)

그러고 보면 우리가 누리고 있는 일상의 모습들은 어째 다 비스무레한 것 같다. 아침에 일어나 밥 먹고 출근하고, 퇴근하고 다시 밥 먹고 TV 보고, 잠들고. 그러다 이따금 여행을 계획하고. 그러나 신기한 건, 일상이라는 그저 그런 재료에 어떤 디테일을 가미하느냐에 따라, 삶은 과감한 변신을 마다하지 않는다는 거다. 특히 그중에서도, 재미 혹은 의미는 꽤 매력적인 디테일이다.

설거지에 '재미'를 더하면 '물놀이'가 되고

드라마에서 '재미'를 빼면 '나와 관계없는 남의 이야기'가 된다.

버스에 '재미'를 더하면 '코끼리 열차'가 되고

배낭여행에서 '재미'를 빼면 '인고의 행군'이 된다.
여기에 한 술 더 떠 '의미'가 가미된다면?

물놀이는 '자연과의 교감 놀이'로,
드라마는 '감수성 향상의 기회'로,
코끼리 열차는 '창조적 발상의 공간'으로,
배낭여행은 '자아 성찰의 계기'로 탈바꿈하게 된다.

아이들이 호시탐탐 재미를 찾아내는 천재라면, 어른들은 자유자재로 재미를 더하고 빼는 예술가 아닐까?

너도 그래?
나도 그런데

솔직히 '재미'라는 게 쉽지가 않다. 재미있고 싶은데 도통 심통만 날 때가 있다. 히죽히죽 키득대는 사람들이 괜스레 얄미워질 때가 있다. 시시껄렁한 이야기에 박수치는 그들이, 한없이 시시해 보이는 날이 있다. '쳇, 저게 웃기냐고?'

그럴 땐 '공감'만 한 빅재미가 없다. "너도 그래? 나도 그런데." 이 나란한 끄덕임이 주는 온기는 연인과의 포옹 못지않게 따스하다. 상한 마음 억지로 뒤집기 위한 오버스러운 개그 말고, 진지한 눈 맞춤과 깊은 끄덕임이 그날의 우리를 미소 짓게 한다. 그러므로 왠지 모르게 센치해지는 날엔 심오한 영화 혹은 글루미한 음악이 걸맞다.

그런가 하면, 성실한 열정으로 책상에 앉아 내리 책과

의 전투를 벌이고 있는데, 머릿속 지식들은 자꾸만 뒤죽박죽 엉켜가는, 맥 빠지는 날이 있다. 멀뚱 쌓여 있는 책들이 공연히 괘씸해지고, 이내 저자의 실력에 의구심을 품게 되는 그런 날. 때마침 합격한 친구로부터 온 응원 문자에 부쩍 더 초라해지는 그런 날. 그날의 수험생에겐, '쌈박한 논리'만 한 빅재미가 없다. 'A는 B이기 때문에, C가 성립된다'라는 논리 하나로, 어정쩡하게 엉켜 있던 문제들이 휘리릭 풀려나갈 때의 쾌감은 수능 만점의 쾌감 못지않다. 틈날 때 보려고 사둔 만화책 말고, '다들 어려워하더라' 하는 위로 말고, 지식의 연결고리를 꿰어내는 명쾌한 논리가 수험생을 덩실거리게 한다. 그러므로 문제가 안 풀리는 날엔, 우등생의 시크릿 정리노트 혹은 명강사의 촌철살인 강연이 걸맞다.

나의 '재미 찾기'에도, 적재적소의 미학이 발휘되기를.

권태로울 때는
재미가 답이어라

이따금 찾아 들어가보는 구두 제작 사이트가 있다. 디자이너가 직접 구두를 제작해 파는 곳인데, 제품의 디자인과 품질이 우수해 평판이 좋다. 난 구두뿐 아니라, 사장님의 옷차림 역시 마음에 들어 종종 캡처해 담아놓곤 한다. 자세히 뜯어보면 평범한 옷과 구두일 뿐인데, 사장님의 코디 센스가 더해지고 나면 런웨이 부럽지 않은 세련미를 뿜낸다.

내가 이 사이트를 알게 된 건 1년 남짓이지만, 알고 보니 이 쇼핑몰의 역사는 제법 길었다. 그녀는, 8년 전부터 꾸준히 사업을 확장해온 꽤 내공 있는 사장님이었던 거다. 돌연 이 젊은 여사장님이 궁금해져, SNS 친구 신청을 했다. 그리고 SNS에 남겨진 짤막한 문장을 통해 지금

껏 그녀가 어떤 마음으로 사업을 꾸려오고 있었는지를 짐
작할 수 있었다. 문장은 이러했다. "어떻게 하면 재미지게
신고 입을 수 있을까."

그녀는 자칫 느슨해질 법한 순간마다 '재미'라는 양념
을 곁들이는 방식으로, 직업적 권태를 이겨내고 있어 보
였다. 아마도 그녀의 오랜 사업 비결은 바로 여기에 있었
던 듯. 세상에 존재하는 수많은 성공비결 중에, 나는 '지속
성'의 힘을 가장 맹신한다. 그리고 오늘, 지속성의 가장 확
실한 비법을 하나 배웠다.

'재미지게.'

보 통 의 순 간 ,
특 별 함 을 건 져 올 린 다

　'재미'란, 언뜻 정지해 있는 무엇에서 기어코 움직임을
찾아내는 재주다. '즐거움'이 자연스레 마음에 퍼지는 고요
한 파동이라면, '재미'는 그 고요한 파동에 슬쩍 손가락을
담가 찬란한 이벤트를 만들어내는, 역동적인 몸짓이다.

　난감한 상황에서, '즐거움'은 뒤로 잠시 물러나 있지만
'재미'는 몸과 마음에 기어이 작은 움직임을 더하며 바스락
거린다. 그렇게 '즐거움'은 교양 있는 숙녀처럼 늘 품위를
잃지 않지만, '재미'는 어떤 경우에도 서슴지 않는다.

　'재미'의 표본은 철부지 아이들이다. 매일 똑같이 서 있
는 놀이기구에서도 매번 다른 방식의 재미를 끄집어내는가
하면, 수없이 반복되는 보드게임 안에서도 다양한 이벤트
를 창조해내며 쉼 없이 키득거린다. 간혹 어른들의 리그에
서 '재있다'가 발현되곤 하는데, 이때의 '재있다'는 유독 뜨
거운 주목을 받는다. 그것은 흔치않은 일일 뿐더러, 언제나
상상 초월의 성과를 만들어내기 때문이다.

5

"새삼"

발견하는
일

새벽녘을 달리는 자동차 속 공기는
온통 새삼스러운 설렘으로 가득 차 있다.
그 설렘 가득한 새벽 공기는
익숙한 하루를 익숙하지 않게 하는 재주가 있는 것 같다.

익숙한 것에서
'새삼'

영 따분할 땐, 익숙한 것을 뒤지곤 한다. 옷과 사진, 일기장 같은 것들을 뒤적이는 재미는 제법 쏠쏠하다. 새 옷을 샀을 때의 기쁨도 크지만, 옷장 깊숙이 묵혀 뒀던 옷에서 '최신 유행 코드'를 발견했을 때의 희열은, 더없이 짜릿하다. 비단 물건뿐만이 아니다. 관계도 그렇다. 좋은 사람을 새로 알게 되었을 때보다, 익숙한 사람에게서 새삼 새로운 면을 발견했을 때 더더욱 설렜던 것 같다. 익숙한 것과의 새로운 대면은, 낯선 시작보다 즐기기 좋다. 낯선 리듬과 체취에 애써 몸을 끼워 넣을 필요 없이 자연스레 스며들 수 있을 뿐더러, 그 공기는 무척 아늑하고 신선하다. 이것이 새삼스러움 고유의 분위기다.

오늘도
수류화개

이른 새벽, 난 오늘도 가벼운 발걸음으로 출근길에 올랐다. 마침 라디오에서 '가을아침'이란 노래가 흘러나온다. 이 노래 역시, 아침을 새삼스럽게 단장해주는 묘한 재주가 있구나. 새삼 기분 좋은 아침이다. 수류화개다.

'수류화개.' 나의 생활신조이자 새삼스러움의 결정체라 할 수 있는 한자어로, '모든 찰나의 순간마다, 물이 흐르고 꽃이 피어나는 듯한 감동이 스며 있으니, 모든 순간을 새삼스럽게 들여다보자'라는 의미를 담고 있다.

'수류화개'와의 인연은 대략 14년 전으로 거슬러간다. 첫 번째 연인과 헤어짐을 선언하고 마음이 제멋대로 휘청대던 그 무렵에, 우연히 책 한 귀퉁이에서 만난 글귀다. 실연한 여자의 센치한 시선조차도 청명한 색채로 덮어주었던, 그 경이로운 경험을 아직도 잊을 수가 없다. 그렇게 시작된 수류화개와의 만남은 지금까지 이어져, 여전히 내게 새삼스러운 시선을 조달하고 있다.

새벽녘은 나의 수류화개 정신이 가장 잘 발휘되는 때다. 동트기 전 어둠이 품고 있는 공기는 늘 하루의 시작을 새삼스럽게 만들어준다. 어두운 밤길을 달리는 자동차에는 황급함만이 존재하지만, 새벽녘을 달리는 자동차 속 공기는 온통 새삼스러운 설렘으로 가득 차 있다. 그 설렘 가득한 새벽 공기는 익숙한 하루를 익숙하지 않게 하는 재주가 있는 것 같다.

일상
여행법

누군가 그랬다. 매일의 일상을 여행하듯 살아보라고. 신물 날 정도로 익숙한 풍경일지라도 새삼스러운 관점으로 바라보라고. 난 여기에 딱 한마디를 더 덧붙이고 싶다. 새삼스러운 관점을 제대로 끌어올리고 싶을 땐, 저마다의 '주 전공 감각'을 동원해보라고.

사람마다 주로 사용하는 감각이 있다. 시각을 주로 즐기는 사람은, 볼거리 가득한 여행지를 선호한다. 그리고 그곳에서 누구보다 다채로운 볼거리들을 발견해낸다. 미각을 주로 즐기는 사람은, 먹거리 여행을 좋아한다. 각 지역의 섬세한 맛 차이를 누구보다 세심히 감별해낸다. 청각을 주로 즐기는 사람은, 멜로디 가득한 예술의 도시를 사랑한다. 그리고 그 안에서 누구보다 다양한 영감을 얻는다. 후각을 주로 즐기는 사람은, 꽃향기 가득한 봄꽃 여행, 누룽지 냄새 솔솔 풍기는 시골마을 여행을 좋아한다. 그 고유한 향취에 누구보다 깊이 젖어 든다. 촉각을 주로 즐기는 사람은, 자연의 숨결이 촉촉히 살아 있는 여행지를 선호한다. 부드러운 물살, 까끌한 돌, 촉촉한 나뭇잎, 포근한 햇살이 선사하는 감촉에, 특별한 행복을 느낀다.

주로 즐기는 감각을 깊숙이 탐구하되, 때때로 다른 감각을 열어두는 것, 일상을 새삼스럽게 여행할 수 있는 비결이다.

6

익숙한
그 자리에서

다시
시작하기

단언컨대 새삼은, 감동, 행복, 감사 같은
보송보송한 마음과 훨씬 잘 어울리는 것 같다.

'다시'와 '새삼'의
공통점

목포행 열차를 타고 3분의 2 지점 즈음을 지나가다 보면, '다시'라는 역을 만난다. '다시'라 적힌 기차역 푯말을 보며 몇 번이고 되뇌었던 기억이 있다. 다시, 다시, 다시…. 그러고 보니 '다시'라는 말은 '새삼'과 비슷한 구석이 있는 것 같다. 낯선 곳에서 새로 시작하라는 이야기가 아니라, 지금 위치해 있는, 익숙한 그 자리에서 품는 심기일전을 이야기한다는 점이 그렇다.

익숙한 것을 잘 다룰 줄 아는 사람이고 싶다. 무엇이든 '안정 상태'에 다다르면 흥미가 떨어지게 마련이다. 내가 주업으로 하고 있는 강의도 그렇다. 강의가 가장 재밌을 때는 새로운 콘텐츠를 기획한 뒤, 딱 세 번째 시도를 앞둔 즈음이다. 어느 정도의 익숙함이 있지만 아직은 미완성

단계라 '조금만 더 채우면 되겠다' 하는 도전 의식이 여전히 꿈틀거리는 시기, 그때가 딱 세 번째이기 때문이다. 문제는 늘 그다음이다. 익숙해질 대로 익숙해져 새삼스러움이 사라져버린 상태는 대단히 권태롭다.

호남선 긴 기찻길 사이에 '다시'가 존재하듯, 나의 강의 여정에도 '다시'라는 정차역이 종종 필요할 듯 싶다. 늘 새삼스러움을 경험하며 강의할 수 있기를. 했던 것을 똑같이 우려먹는, 그 속편한 느슨함을 경계해내기를.

새삼스러운 고단함은
새삼스러운 감동으로 마무리된다

거울에 비친 내 모습이, 새삼 못생겨 보일 때가 있다. 멀쩡하던 입술도 유난히 부어 보이고, 괜찮다 생각했던 눈썹도 비뚤어 보인다. 늘 입던 옷을 입었을 뿐인데, 유달리 칙칙해 보이는 그런 날이 있다. 이 고단한 새삼스러움은 나를 온종일 어지럽히곤 한다. 그날도 그랬다.

그러다 무덤덤하게 그를 만나 연신 툴툴거린다. 마치 그날의 칙칙함이 그의 탓이기라도 한 것처럼. 하지만, 그럼에도 불구하고 여전히 다정한 그의 눈빛과 태도 앞에서 나의 칙칙한 까칠함도 이내 수그러들고 말았다. 그렇게 고단했던 새삼스러움은 새삼스러운 감동으로 마무리되었다. 단언컨대 새삼은, 감동, 행복, 감사 같은 보송보송한 마음과 훨씬 잘 어울리는 것 같다.

익숙한 것 끝에서
발견한 황홀함

대개의 새삼스러움은, 오래 두어서 익숙해질 대로 익숙해진 무엇에서 발견된다.

'기대'가 시작을 앞두고 성큼 부풀어 오르는 감정이라면, '새삼'은 무엇의 끝자락에서 아련한 황홀함을 안고 찬찬히 다가온다. 그리고 그 황홀함은 추억이라는 저장 공간 안에 강렬히 저장된다.

만일, 인연의 끝자락이 아닌 중간 지점에서 '새삼스러움'을 목격하게 된다면, 그래서 그 존재에 대한 감사를 충분히 표현할 수 있게 된다면, 그거야말로 엄청난 행운이다. 대개의 '새삼'은 오래된 것과 어울려 다니지만, 실은 그리 오래되기 전에 발견할수록 좋다.

7

완벽하지
않아도
되는

"충분해"

결국에 우리가 부러워하고 있는 건,
내면에 깃들어 있는 '마음'이었던 듯싶다.
그러므로 내 인생의 기준은,
'나의 무엇'이란 카테고리 안에서 찾아보는 걸로.

'조금'
모자라서 좋았다

세상은 늘 모자란 것투성이인 것 같다. 어릴 적 최고의 디저트, 요구르트는 늘 딱 한 모금이 아쉬웠고, 수능 점수는 원하던 대학의 커트라인보다 조금 모자랐다. 연인에게 기대한 사랑 역시도 맘 놓고 누리기엔 좀 부족했으며, 꿀 같은 여행 일정도 늘 원 없이 즐기기엔 모자랐다.

그러나 이제와 돌아보면, 치아가 상하지 않을 만큼의 충분함이었고, 실력은 되지만 운이 따라주지 않았을 뿐이라고 위안할 수 있을 만큼의 충분한 점수였다. 세상 모든 것이 '기브 앤드 테이크'가 아니라는 걸 배울 수 있을 만큼의 충분한 사랑이었고, 여행의 권태에 빠지지 않을 만큼의 적당한 시간이었다.

결국에 되돌아보니, 조금 모자라서 좋았다.

어떤 기준을
품고 있나요?

기준 없이 충분할 수 있을까? 막연한 갈망은 언제나 결
핍을 남긴다. 그러므로 각자의 충분함에 걸맞은 나름대로
의 기준이 필요할 것 같다는 생각이다. 그런데 그 기준이
라는 거, 어떤 걸까?

기준이 '세상의 평균치'일 때: 무난한 삶을 살 수 있다.
더 가진 사람에게 자극받고, 덜 가진 사람에게 위안받으
며 사는 무난한 삶은 비교적 이상적이다. 그러나 대개의
경우, 자신이 지닌 평균치 이상의 넉넉함엔 금세 눈을 감
고, 몇 안 되는 '결핍'에만 대부분의 시선을 둔다. 그렇게
사람들은 위안보다는 결핍을 주로 택한다.

기준이 '친구보다 한 뼘 더'일 때: 가까운 친구보다 한 뼘 더 가진 나는, 늘 만족 가까이를 서성일 수 있다. 대신, 늘 같은 사람, 같은 곳 언저리에 머물러 있어야 한다. 새로운 사람을 만나는 것을 자제하고, 새로운 동네로 이사 가는 것도 권장 사항이 아니다. 다른 이의 새로운 성공담도, 가급적 듣지 않아야 한다. 누구보다 쉽게 상처받을 수 있기 때문이다.

기준이 '나의 무엇'일 때: '나의 무엇'이라 함은, 내가 느끼는 감동과 설렘의 주기, 의욕의 정도, 열정의 지속성, 삶의 완급과 리듬 등 나의 내면과 관계된 것들이다. 이 중 하나에 또렷한 기준을 두어 '나의 길'을 뚜벅뚜벅 걸어가는 삶은, 언제나 풍요롭다. 혼자서도, 둘이서도, 여럿 가운데서도, 그 풍요의 아늑함을 누릴 수 있다. 이 한결같은 풍요로움은 더 가진 사람에겐 박수를, 덜 가진 사람에겐 위안을 건네는 여유를 선사한다. 그럴수록 난 호기심과 부러움의 대상이 되어간다.

언제나 충분한
만족을 느끼다

여기서 잠깐, A양을 소개하고자 한다. 그녀는 나의 친구들 중 가장 성숙한 결혼을 했다. 오로지 사랑 하나로 결혼을 결심한 그녀. 당시 그녀의 배우자는 고시생이었으니, 나같이 '소심한 현실주의자'로선 그 결단부터가 리스펙트다. 결혼식을 올린 지도 어느덧 5년이 지났건만, 여전히 그녀의 모든 이야기엔 남편에 대한 애정이 듬뿍 배어 있다. 그 꿀 떨어지는 남편 자랑을 듣고 있노라면, 부럽다 못해 배가 아플 지경이다. 이것저것 다 따지고 결혼한 사람들도 '이게 문제네, 저게 불만이네' 하며 괴로워하던데, 저토록 한결같이 만족을 누리며 살다니.

이 부러움의 실체에 대해 생각해본다. 그녀가 스스로 정립해놓은 '배우자에 대한 충분 기준점'은 확고했다. '감

정의 얇은 낱장 하나까지도 촘촘히 나눌 수 있는 사람.'
이 또렷한 기준 안에서, 그녀는 충분한 만족을 누리고 있
었으며, 그 확고한 마음 앞에선 누구든 항복할 수밖에 없
었던 거다.

지금껏 우리는 고가의 명품이 부러웠던 게 아니라, 그
재력이 연상케 하는 '너른 마음'이 부러웠던 게 아닐까.
어느 연예인의 외모가 부러웠던 게 아니라, 그 외모가 부
여해줄 것 같은 '자신감'이 부러웠던 게 아니었을까. 결국
에 우리가 부러워하고 있는 건, 내면에 깃들어 있는 '마
음'이었던 듯 싶다.

그러므로 내 인생의 기준은, '나의 무엇'이란 카테고리
안에서 찾아보는 걸로.

8

만족스러웠던

순간들을
떠올리며

소곤한 아가의 낮잠을 틈타
커피 한 모금 머금어보는 엄마의 휴식 시간,
퇴근 후 들이키는 생맥주 한 잔,
아주 오래전부터 고대해왔던 영화 개봉일.
되짚어보면 이 모든 순간들이,
행복 혹은 재미가 최대치에 닿아 있던 순간들이었다.

막연하게
걷지 않는다

요 근래 가장 열정적으로 시청한 프로그램을 꼽으라면, 〈효리네 민박〉이다. 낭만적인 제주 라이프를 관음하면서 수시로 떠올렸던 생각은 이랬다. '대체 얼만큼 돈이 많아야 저렇게 살 수 있을까?'

그 무렵 이효리가 출연한 예능 프로그램을 빼놓지 않고 챙겨봤는데, 그녀의 능청스런 한마디가 유독 귀에 꽂혔다. "저, 돈 많잖아요." 맞다, 그녀는 돈이 많을 거다. 그렇지만 스스로 돈이 많다고 대놓고 이야기하는 사람을 여태껏 본 적이 없었기에, 솔직히 좀 생소했다(하지만 분명히 멋져 보였다).

아마도 '돈이 많다'라던 그녀의 표현은 자신의 기준선에서 충분했다는 의미였을 것이다. 그보다 더 많은 재산을 가진 사람이 세상천지에 한둘이겠냐마는, 자신만의 기준선을 정하고 그 안에서 충분함을 만끽할 줄 아는 사람은 많지 않을 것 같다. 아직 부자의 삶을 살아보지 못해서 뭐라 단정지어 이야기할 순 없지만, 돈이 많으면 많을수록 '돈의 안락함'을 맛보게 될 테고, 그럼 더욱더 많은 것을 갈망하게 될 테고, 그러다 보면 '충분함'과의 거리는 점점 더 멀어질 수밖에 없지 않을까. 그런 면에서, 이 정도면 충분히 많다고 말하는 그녀의 자신만만한 태도는 가히 존경할 만하다.

나만의
'충분 눈금자'

시시때때로 만족감을 만끽하는 이의 내면에는 촘촘한 '눈금자'가 깃들어 있다. 그리고 이 기특한 눈금자는 자신만의 '충분 눈금선'을 시종일관 또렷이 가리키고 있다. 무턱대고 걷는 걸음은, 광활한 사막 위를 뚜벅뚜벅 걸어 나가는 다소 지루한 걸음인 반면, 눈금 있는 길 위를 걷는 걸음은 철인 3종 경기보다도 흥미롭다. 조금씩 기준선에 근접해가거나, 그 기준선을 껑충 뛰어넘거나 혹은 새로운 기준선을 그어 나가는 과정마다 격려와 감탄, 환호가 깜짝 등장해 심장을 쫄깃하게 만든다.

'충분 눈금선'을 제대로 인지하고 있는 사람은, 돌에 걸려 넘어져도 툭툭 털고 일어설 수 있다. 지금 자신은 퇴보한 것이 아니라, 그저 전진하지 못했을 뿐이라는 걸 잘 알고 있기 때문이다. 돈을 잃었든, 사람을 잃었든, '진짜 퇴보'란 없다는 사실을 누구보다 잘 알고 있다. 비워진 공간은 이미 겸손, 감사, 추억 등의 귀중한 무엇으로 채워져 있음을 그는 매우 잘 알고 있다.

나의 '충분 눈금선'은 어디쯤일까? 가장 알맞은 그 지점을, 서둘러 찜하고 싶어진다.

행복이 별거냐,
재미가 대수입니까?

감정의 최대치에 대해 생각해본 적이 있다. '최대'라는
말이 지닌 거만함 때문에 언뜻 가늠 자체가 엄두 나지 않
지만, 실제로 우리가 감지할 수 있는 '감정의 범주'는 그
리 광활하지 않은 것 같다. 지구 끝까지 닿을 듯한 행복?
오장육부가 터질 것 같은 재미? 글쎄, 정말로 그런 감정의
극한 지점이 따로 존재하는 걸까.

감정의 주체는 어쨌든 우리 사람인지라, '감정의 최대
치' 역시 사람의 손발이 닿는 그 정도 범위 안에 존재할
거라는 생각이다. 발 담가 걸어볼 수 있는 딱 그 정도의
찰랑임이 최대치의 재미이자 행복 아닐까? 그 이상을 넘
어서는 재미와 행복은 사실상 존재하지 않는 것 같다. 소
곤한 아가의 낮잠을 틈타 커피 한 모금 머금어보는 엄마

의 휴식 시간, 퇴근 후 들이키는 생맥주 한 잔, 아주 오래 전부터 고대해왔던 영화 개봉일. 되짚어보면 이 모든 순간들이, 행복, 혹은 재미가 최대치에 닿아 있던 순간들이었다.

뱅글뱅글 거실을 돌며 외쳐본다. "여보, 나 지금 행복 최대치야!"

주관적이어서
더욱 완전한 만족

'충분해'는 주관적이며, '완벽해'는 객관에 가깝다. '완벽'은 보편적 기준에 빗대어 가늠되지만, '충분'은 말하는 사람의 주관에 전적으로 의지한다.

완벽하지 않음에도 충분하다 여기는 만족은, 완벽해서 느끼는 만족보다 긴 수명을 자랑한다. '넌 내게 완벽해'라는 칭찬보다, '넌 내게 충분해'라는 칭찬에 더 마음 놓을 수 있는 이유다.

작은 움직임에도 와르르 무너져 내릴 만큼 빽빽히 들어찬 완벽함보다, 마음껏 품 안에 안아볼 수 있으며 안은 채 활발히 달려볼 수도 있는 충분함을 즐길 줄 아는 삶은, 무조건 풍요롭다. 아슬아슬한 빼곡함보다 알맞은 여유로움이 완전한 풍요에 가깝다는 진리는, 명백히 지혜롭다.

9

"아직"
내게 남은

가능성에
대하여

'아직'은 확신 가득한 계획으로 빚어낸 결의 같은 것이다.
'더 강행할 것인가, 그렇지 않을 것인가.'
그 선택에 대한 해답은 확고한 '자기 믿음'과
확실한 '로드맵'에서 비롯된다고 믿는다.

'아직'이란 말을
기다리고 있다면

내 주변엔 '아직'을 외치는 사람들이 유난히 많은 것 같다. 나부터가 그랬다. 특히 아나운서 시험에 도전했던 몇 년의 시간은 '아직'의 연속이었다.

지인: 할 만큼 하지 않았어? 아직도 해?
나: 응 아직이야, 아직.

천연덕스러웠던 나의 '아직'에는, 나름대로 믿는 구석이 있었다. 연초, 야심찬 각오로 만들어둔 1년치 로드맵. 이 믿음직스러운 지도를 차분히 따라가다 보면, 꿈꾸던 미래가 곧 완성될 거라는 확신이 있었다.

지금 난 아나운서 지망생들을 교육하는 강사다. 학생들

중에는, 자신에게 '아직'을 말해주길 바라며 간절히 희망을 갈구하는 아이들이 꽤 많다. 반복되는 낙방 탓에 지칠 대로 지쳤을 테니 그래, 그럴 만도 하다.

그러나 '아직'은 남이 나에게 이야기해줄 수 있는 성질의 것이 아닌 것 같다. 타인이 말해주는 '아직'은 동력이 약하다. '아직'이란, 단순한 붙잡음이 아닌 까닭이다. '아직'은 확신 가득한 계획으로 빚어낸 결의 같은 것이다. '더 강행할 것인가, 그렇지 않을 것인가.' 그 선택에 대한 해답은 확고한 '자기 믿음'과 확실한 '로드맵'에서 비롯된다고 믿는다. 내가 그들을 위해 해줄 수 있는 역할은 딱 거기까지인 것 같다.

'아직'의
이유 있는 자부심

'아직'으로 버텨본 사람에겐 겸손이 있다(세상 누구도 그리 특별하지 않음을 경험으로 깨우쳤기 때문이다).

'아직'으로 버텨본 사람에겐 감사가 있다(덩달아 아직이라 외쳐준 사람들과의 짙은 추억이 있기 때문이다).

'아직'으로 버텨본 사람에겐 측은지심이 있다(아직 버티고 있을 동지들의 모습이, 불과 며칠 전 내 모습임을 기억하기 때문이다).

'아직'으로 버텨본 사람에겐 특별한 환희가 있다(그 환희는 오랜 시간 촘촘히 만들어진 것이어서, 쉽게 사그라들 줄 모른다).

'아직' 없이 그냥 얻어지는 미덕은 세상에 없다. 그게 '아직'의 자부심이다.

10

"아직"의
주문,

해피엔딩을
바라며

'아직'을 외칠 줄 아는 우리의 미래는 둘 중 하나다.
애초에 꿈꿨던 성공을 이루거나,
아니면 다른 뜻밖의 무엇과 연결되어
더 커다란 저력으로 드러나거나.
무조건, 해피엔딩이다.

내게
주어진 의무

어느 고시생, 어느 고령의 스포츠 선수, 어느 이별한 여인.
아마도 '아직'이라는 단어를 가장 간절히 부여잡고 있
을 사람들일 거다. 잠시, 그들의 마음을 헤아려봤다.

모두가 나에게 '아직도'라 말하며 고개를 휘젓더라도
일단은 '아직'이라 외쳐보기로 한다.
나조차 '아직'을 내려놓으면
정말 이대로 끝나버리는 거니까.
더 이상의 노력이란 없을 것 같은, 가장 마지막 순간
까지 '아직'을 외쳐야 하는 사람은, 나여야 한다.

그들의 '아직'을 열렬히 응원한다.

'맹목적 아직'에
대하여

'아직'을 외치는 사람은 보통 도전의 과정 중에 있다. 그들은 하루에도 몇 번씩 '아직'을 외쳐가며, 어딘가 남아 있을 자신의 저력을 있는 힘껏 끄집어 당긴다. 가만히 멈춰 있는 사람의 입에선 도통 '아직'이란 단어는 등장하지 않는다.

도전을 거듭하며 끈질기게 버티고 있는 사람들.

오로지 꿈을 좇으며 8년의 시간을 방황했고, 여전히 꿈이라는 단어에 들썩거리며 살아가는 동지로서, 내가 그들에게 감히 한 가지 당부하고 싶은 게 있다. 끝까지 희망차게 '아직'을 외쳐보되, 무작정 오래 물고 늘어지다 너덜너덜해지진 말자는 거다. '맹목적인 아직'은 어쩌면 우릴 배신해 고립 상태에 빠뜨려버릴지도 모른다. 그러하기에, 우리의 도전이 후반기에 들어선 지점부터는, 동시에 또 다른 '옆길'을 모색하는 이중플레이를 감행해야만 한다.

처음부터 하나의 꿈에 매진해, 그것을 이뤄낸 스토리는 사실 그리 흔하지 않다. 원래 다른 꿈을 희망했으나 어쩌다 보니 새로운 분야에서 성공했고, 그렇게 우연히 천직을 만나게 됐다고 이야기하는 사례를 더 자주 접하게 된다. 다른 꿈길에서 갈고 닦아왔던 내공이 의외의 분야에서 더 크게 발휘된 것이다.

'아직'을 외칠 줄 아는 우리의 미래는 둘 중 하나다. 애초에 꿈꿨던 성공을 이루거나, 아니면 다른 뜻밖의 무엇과 연결되어 더 커다란 저력으로 드러나거나.

무조건, 해피엔딩이다.

그 래 도
희 망 을   말 해 본 다

'아직도'가 삶의 무난함조차도 결핍으로 간주하는 조급
함을 지닌 반면, '아직'은 삶의 부정적인 요소를 건설적인
모양새로 바꾸어놓는, 혁신적 능력을 지녔다. '아직도'를
이야기할 땐 '그냥 그쯤이면 된다, 할 만큼 했다'라는 체념
과 상황 탓하기 식의 논리가 귀에 또렷이 박히지만, '아직'
을 이야기하는 마음엔 '칠전팔기 성공 스토리'가 강렬한 파
동을 일으킨다.

누군가 나에게 '아직'을 말한다면 나의 가능성을 인정한
다는 것이고, 누군가 나에게 '아직도'를 말한다면, 애처로
움을 빙자한 엄연한 저평가다. 그러기에, '아직도'인 나
에게 '아직'을 이야기하는 건, 소귀에 경읽기 정도로 끝날
일이지만, '아직'인 나에게 '아직도'를 들이대는건, 복구되
기 어려운 상처다.

11

지금 하는
고민

"중요해?"

세상을 가뿐하게 살아내기 위해선
본질을 걸러내는 작업이 필요하다.
그리고 그 과정의 중심에 있는 질문이 바로 '중요해?'다.
"진짜 중요해? 진짜?"

위기탈출
매뉴얼

인터뷰 기사 읽기를 좋아한다. 인터뷰에 등장하는 단골 질문 중 하나는 "어떻게 위기 상황을 극복하세요?"다. 인생의 고비를 거뜬히 넘겨온 그들만의 내공이 다들 궁금한가 보다. 나 역시 그런 질문이 나올 때면, 귀가 솔깃해진다. 그간 내가 수집해온 답변들 중에, 따로 찜해둔 것이 하나 있다. "그냥 전 제가 할 일을 해요. 굳이 거기에 힘빼지 않아요. 무슨 얘기를 해도 불씨가 될 테니까요. 물론 심리적으로 많이 힘들지만, 그럴 때일수록 '내가 더 나아지기 위해 무얼 해야 하지?'라는 생각에 더 열중하는 편이에요." 본질에 집중한 전력 질주. 바로 이것이 숱한 악성 댓글들로부터 자신을 지켜온 그만의 내공이었다. 해결 방법이 또렷이 보이지 않는 사건들은 보통 중요한 본질이 아닌 경우가 많은 것 같다. 아무리 공들여 봤자 자신이 내놓은 해답이란 게 어딘지 마뜩찮을 뿐이다.

세상을 가뿐하게 살아내기 위해선, 본질을 걸러내는 작업이 필요하다. 그리고 그 과정의 중심에 있는 질문이 바로, '중요해?'다. "진짜 중요해? 진짜?" 유독 마음이 흐린 날엔, 담담히 스스로에게 물어볼 참이다. 웬만큼 중요하지 않은 건 그냥 내버려두고, 궁극적으로 내가 추구하는 '중요한 그것'에 집중해보기로 한다. 자투리 염려들을 모조리 움켜쥐고 있는 행위는, 내 인생에 대한 쓸데없는 오지랖으로 간주하기로 한다.

선배와 이런저런 이야기를 하다, 역시나 이런 결론에 이르게 됐다. '본질 아닌 것에 괜히 힘 빼지 말 것, 중요한 본질에 집중하며 끝까지 갈 것.' 거의 모든 상황에 통용되는 위기대응 매뉴얼인 듯 싶다.

오,
질투!

"나라는 사람에게 가장 중요한 것은 무엇인가?" 이 심
오한 질문에 대해 어쩌면 가장 명쾌한 답을 꺼내줄 감정,
바로 '질투'다. 언젠가 법륜 스님의 특강을 들은 적이 있
다. "저는 질투심이 많아요."라는 질문자의 고민에 스님은
이렇게 답했다. "그걸 '나쁜 것'이라고 치부하지 마세요.
질투심이 어느 경계를 넘어서게 되면 물론 제어해야겠지
만, 그렇지 않을 정도의 질투는 건강한 거예요. 질투라는
감정을 통해 나 자신에 대해 알게 되는 거예요." 명쾌했
다. 그래, 질투는 '자신이 진짜 바라는 것의 표상'이었다.

   얼마 전 선배가 자신의 연봉을 공개했다. 그녀의 연봉
은 생각보다 높았고, 난 애써 쿨하게 "오, 역시! 능력자세
요"하며 엄지를 치켜세웠다. 그러나 그날 밤, 그녀의 숫자

아홉자리 연봉은 연신 머릿속을 맴돌았고, 그렇게 한동 안, 그녀의 뒷모습, 그녀의 얼굴, 그녀의 걸음걸이마다 그 숫자가 겹쳐 보였다. '아냐, 나 왜 이러는 거야.'

걷어치우고 싶던, 이 질투 어린 감정들을 다시 들추어 보기로 한다. 그렇게, 나의 내면이 진정 갈망해왔던 것의 실체와 대면해보기로 한다. 어라? 고액의 개런티를 받으 며 당당히 활동하길 바랐던, 내 깊숙한 욕망이 '질투'라는 표지를 달고 수면 위로 불쑥 올라왔다. '저도 제 가치에 걸맞은 개런티, 아니, 아니 (좀 비양심적일지언정) 제 가치 를 훌쩍 뛰어넘는 개런티를 받아보고 싶어요!' '돈보다는 의미를 찾아 일해야 한다'라는 고상한 말로, 그간 애써 부 인해왔던 진짜 속마음을 툭 꺼내놓고 나니 머리가 개운해 진다.

질투는 나를 명쾌하게 한다. 선택의 순간, 두 가지 기로 에서 방황하게 될 때 이런 질문을 던져보는 것도 괜찮을 것 같다. '나는 무엇을 이룬 사람에게서 더 질투를 느낄 것 같은가?' 질투의 저울이 더 크게 휘청대는 쪽이, 가장 '나다운 선택'일 것이다.

선별의
미학

중요한 것을 선별하는 삶. 그 선별의 미학을 체감해보고 싶었다. 우선, 애용하던 포털사이트의 카테고리부터 정돈해보기로 한다. 중요한 것은 앞으로, 덜 중요한 것은 뒤로, 중요하지 않은 것은 과감히 삭제. 일단, 마성의 '연예 카테고리'를 맨 뒤로 보냈다(차마 지울 순 없겠더라). 그 다음, '경제 카테고리'를 맨 앞으로 끌어당겼으며, 연달아 책문화, 맘키즈, 푸드, 리빙, 여행 등의 순서로 배열을 정돈했다. 스포츠, 웹툰 같은 카테고리는 미련 없이 지워버렸다.

별것 아닌 작업이었지만, 확실히 변화가 생겼다. 접근해오는 정보의 질과 양이 확연히 달라졌다. 태양이 신곡을 냈으며, GD의 열애설이 또 터졌다는 연예계 정보는 한

박자 느리게 접하더라도, 부동산 정책이 어떻게 바뀌고 있는지, 어떤 책이 발간되었는지에 대한 소식들은 재빠르게 달려들어 왔다. 이젠 글을 쓰다 잠시 딴짓을 해도, 연예 기사의 수렁에 쉽게 빠져들지 않는다. 잡념에서 멀어지고 본질적인 것에 한 걸음 더 가깝게 다가선 기분이다.

세상은 수많은 정보들로 넘쳐 난다. 그 안에서 내가 할 일은, 내 삶에 좋은 영감을 주는 정보들에게 길을 터주는 작업이리라. 중요함의 우선순위를 선별해두는 것, 쓸데없는 가십에 흔들리지 않고 알차게 성장하기 위한 이 시대 필수 덕목 아닐까.

12

그렇다면

무엇이
가장 중요한가?

그런데 한편으로 이런 생각도 든다.
'왜 매번 그렇게 물어야만 아는 거지?
내 마음의 주체는 나인데, 왜 그렇게 매번?'

결코 만만해 보이지
않기를

 온통 중요한 것들 위주로 깔끔히 정리된 다소 비현실적인 삶을 상상해보다, 오늘도 정신없이 허둥대고 있을 현실 속 '호구'에 대한 상념으로 생각이 옮겨 붙었다.

 호구란, 어수룩하여 이용하기 좋은 사람을 비유적으로 일컫는 말이다. 호구를 떠올렸을 때 대표적으로 떠오르는 장면은, 쉽게 거절하지 못하고 관련 없는 일에 엮여 버둥거리는 모습이다. 현대인들은 그런 자신의 모습을 두고, 스스로를 '호구'라 칭하곤 한다. 나 역시 '거절'에서 그리 자유롭지 못한 인간인지라, 거절의 기술을 다룬 책이나 칼럼을 볼 때마다 눈이 번쩍 뜨인다.

 사실 호구들 중엔 '이건 명백히 내가 도와줄 일이 아니야.'라고 단호히 판단 내릴 줄 아는 경우는 드문 것 같다.

대개의 문제는 해줘야 될 것 같기도 하고, 굳이 안 해줘도 될 것 같기도 해서 엉거주춤하게 판단을 유보하다가 발생한다. 너무 늦어진 결정 탓에 미안한 것이 하나 더 늘어나게 되고, 차라리 속 편하게 그 부담을 떠안아버리는 양상이다. 그러다 비슷한 요구사항을 또 요청받게 되면, 이번엔 일관성의 맥락에서 같은 부담을 떠안는다. 그러니까 결국, 호구의 가장 근본적인 문제점은 '거절 혹은 승낙, 즉 결정을 유보하는 태도'인 거다.

그러므로 거절의 초석은 '중요함의 유무'를 깔끔히 분별해놓는 것 아닐까? 자신에게 중요한 가치가 '시간'이라는 것을 인지하고 있는 사람은, 오래 걸리는 모든 요청들을 정중히 거절할 수 있다. 중요함의 무게를 '신뢰'에 두는 사람은, 믿음을 등져야 하는 모든 요청들을 단호히 거절할 수 있다.

'중요해?'를 가늠하는 사람들에겐, 어떤 난감한 선택도 명쾌히 결정지을 줄 아는 단호함이 있다. 어영부영한 거절로 괜한 여운을 남기지 않으며, 애매한 승낙도 하지 않는다. 그들의 선택에는 무수히 많은 '중요해?'가 응축되어 있기에, 어떤 경우에도 결코 만만해 보이지 않는다.

중요한 것은,
결국 중요한 순간에 등장한다

수시로 '중요해?'를 묻는 습관. 그래 그거면 좀 더 본질에 가까운 삶을 살 수 있을 것도 같다. 그런데 한편으로 이런 생각도 든다. '왜 매번 그렇게 물어야만 아는 거지? 내 마음의 주체는 나인데, 왜 그렇게 매번?' 따지고 보면, 감정이라는 놈은 참 나만큼이나 게을러터진 것 같다.

진료차 병원에 들렀다가, 눈에 띄는 현수막을 보게 됐다. '소망의 글을 무료로 써드립니다.' 소망을 말하면 그 내용을 붓글씨로 써주는 행사였는데, 붓을 쥐고 있는 노신사의 모습이 제법 그럴듯해 보였다.

참여해보기로 했다. '어떤 소망을 담을까?' 뭐 소망을 거론하자면, 무수히 많다. 강의와 행사 섭외가 물밀듯이 들어오는 일, 출산 후 늘어진 뱃살이 금세 원상 복구되는 일, 내 글이 흡족하게 완성되는 일, 쇼핑몰 장바구니에 담아둔 옷들을 과감히 결제하는 일…. 내 안의 많은 소망들이 잇따라 등장하기 시작했다. 그런데 어쩐다, 저기 저 고상한 화선지와는 도통 어울리지 않는 소망들이다.

곰곰이 생각을 추려 나가다 다른 사람들의 소망이 궁금해졌다. 걸려 있는 작품들을 둘러보니, 아무래도 건강이 많다. 그다음이 행복, 지혜 등 대개가 원론적이고 추상적인, 어찌 보면 진부한 것들이다. 신기한 것은, 가끔 성당에 들러 기도할 때에도 결국엔 건강과 행복을 선택하게 된다는 거다. 손을 모으는 그 짧은 시간 동안, 건강과 행복, 지혜 등의 '깊이 있는 가치'들이 자잘한 것들을 헤치고 불쑥 튀어나온다. 희한하다.

우리가 아무리 재물, 외모 등의 '얕은 욕망'들을 갈망하며 산다 해도, 결국 가장 결정적인 순간에 소망하게 되는 건 '깊은 가치'인가 보다. 단지 그 성품이 워낙 과묵하다 보니, 평소에는 잠자코 지켜만 보다가 진짜 중요한 순간이 왔을 때 비로소 존재감을 드러내는 것일 뿐. 알고보면 그런 종류의 '깊은 가치'들은, 게을러터진 것이 아니라 '가장 중요한 순간'이라는 절체절명의 타이밍을 엿보고 있었던 게 아닐까.

'중요해?'라는 질문이 오히려 싱겁게 느껴지는 건강과 지혜, 행복, 그리고 사랑. 바로 이런 것들이, 언제나 손안에 꼭 쥐고 있어야 할 '주요 판단 기준'인 것 같다.

잡 념 안 녕,
꽤 유 용 한 진 정 제

대개의 '중요해?'는 썩 중요하지 않은 사건에서 요긴하게 사용된다. 정말로 중요한 사건에서는, 오히려 중요한가를 묻기보다는 '어떻게'를 묻게 된다.

'중요해?'라는 질문 앞에서 주춤거리는 사건들은, 이성보다는 감성의 강도가 센 것들이다. 다행히도, 감정의 소용돌이에서 도저히 헤어 나올 수 없을 때, 이 질문은 꽤 유용한 진정제가 된다. 제자리에서 뱅뱅 머물기만 하던 시선을, 소용돌이 바깥으로 한 발 끌어내주기 때문이다.

예외도 있다. 사랑의 감정이 끼어들어 있을 때가 그렇다. 사건의 틈새 사이에 사랑이라는 감정이 섞여 들어가면, 중요하지 않은 것들이 흩뿌려놓은 잔재들도 무거운 앙금으로 남는다. 그리고 그 앙금이 남긴 자국들은 좀체 지워지지 않는다. 사랑이라는 장르에선, 그렇게 작고 소소한 것들까지도 모조리 중요해진다.

13

"그래서?"

내 마음
깊숙이
뭐가 있다고?

- (그래서? 그래서 결국에 하고 싶은 게 뭔데?)
- 글쎄, 상대가 틀렸음을 증명하는 거?
- (그래서?)
- 그래서… 사과받는 거?
- (그래서?)
- 그래서..다시는 안 그러게 해야지
- (그래서?)
- 그래서… 우리가 다시 사랑하게 되는 거.

끝끝내 숨겨둔
욕망을 들추는 주문

가만 보면 사람마다 '그래서?'라는 물음이 유독 원활히 발동되는 장르가 있는 것 같다. 내 경우엔 '감정'이라는 장르가 그렇다.

내가 지금 행복하면 왜 행복한지, 지금 내 마음이 불편하나면 왜 불편한지를 캐묻는 작업을 그간 참 십요하게도 해왔다. 잔뜩 심통이 난 날이면, 나에게 묻는다. '그래서 내가 지금 진짜 원하는 게 뭔데?' 심히 격앙된 날에도 어김없이 자문해본다. '그래서 나 지금 왜 이렇게 행복한 거지?' 약간 변태적인 게 있다면, 불친절한 감정일수록 오히려 더 격하게 다루는 습성이 있다는 거다.

난 지금 내 상황에 분노하고 있다 – (그래서 원하는 게 뭔데?) – 정의가 이기는 것이다 – (그래서 정의가 이기면?) –

일에 의욕이 생길 것이다 - (그래서 의욕이 생기면?) - 더 크게 성공할 수 있을 것 같다 - (그래서 더 크게 성공하면?) - 다른 사람들에게 더 크게 인정받을 수 있겠지.

분노라는 감정의 꼬리를 물고 늘어지다 보니, 결국 '인정'이 튀어나왔다. 나의 분노가 끝내 이야기하고 싶었던 건 '인정'이었나 보다. 이제 비로소 지금 내가 해야 할 것, 할 수 있는 것들이 보이기 시작했다. 나 스스로에게 인정받기 위해 난 지금 무엇을 해야 하는가. 다시 노트북을 열고 원고의 빈 공간을 마저 채워 넣는다. 그렇게 온종일 마음을 휩쓸던 몹쓸 무기력함을 헤치고, 기어코 글 한 토막을 완성해낸다. 나, 인정!

화, 서운함, 패배감. 뭐 이런 종류의 칙칙한 감정들을 그냥 내버려두지 말기로 하자. 기왕에 들이닥친 감정이라면, 단단한 근육으로 만들어보는 거다. 어느 영화 속 주인공이 말했듯, 추위도 훌륭한 조미료 중 하나라 하지 않던가.[*]

[*]모리 준이치 감독의 〈리틀 포레스트〉.

감정의 진흙탕에서
홀연히 빠져나온다

'그래서?'라는 질문이 가장 제 몫을 단단히 해내는 자리는, 분노 가득한 싸움의 현장이다. 가끔 '이기기 위해' 싸우려 들 때가 있다. 자고로 싸움 본연의 의미는 '문제 해결'에 있는데, 오로지 이기는 데에만 함몰돼가는 나 자신을 목격할 때가 있다. 상내의 말실수에만 안테나를 세우고, 그 찰나를 놓치지 않기 위해 온 신경을 곤두세우고 있는 볼품없는 모습이다.

나를 쓸데없이 힘 빠지게 하는 다툼의 현장들. 분노 섞인 진흙탕에서 홀연히 빠져나오고 싶을 때면, 스스로에게 이런 질문을 던지곤 한다. '그래서? 그래서 결국에 하고 싶은 게 뭔데?' 요동치던 모난 감정들이 맥을 멈추고, 파르르 가라앉는다. 동시에 내 몸의 긴장도 스르르 녹아든다.

(그래서? 그래서 결국에 하고 싶은 게 뭔데?) - 글쎄, 상대가 틀렸음을 증명하는 거? - (그래서?) - 그래서… 사과받는 거? - (그래서?) - 그래서…다시는 안 그러게 해야지- (그래서?) - 그래서…우리가 다시 사랑하게 되는 거.

그렇게 나의 '그래서 자문자답'은 결국 '사랑'으로 종지부를 찍었다. 아이러니하게도, 내 치열했던 전투의 목적은 '다시 사랑하기'였나 보다.

그래, 이렇게 온몸의 에너지를 소진하면서까지 너에게 상처를 입힐 이유는 없었다.

14

적재적소의

"그래서"

가급적이면 '그래서?'의 방향성은
오로지 나 자신이어야만 할 것 같다.
정당성의 여부를 떠나서.

'그래서?'의
방향성

얼마 전, 유튜브를 통해 '그래서?'의 몹쓸 집요함을 목격한 적이 있다.

아이를 안고 있는 엄마가 버스에 앉아 있다. 그리고 그녀의 옆자리에는, 그녀의 것으로 추정되는 커다란 짐이 놓여 있다. 버스에 더 이상 자리가 없었는지, 다른 한 승객이 아이 엄마에게 '그 짐을 내려달라'라고 요구한다. 그러자 아이 엄마, 버럭 화부터 낸다. "내가 내 짐을 올려놨는데 왜 간섭하는 거죠?" 당황한 승객이 말했다. "거긴 사람이 앉는 자리니까 당연히 짐을 내려야죠." 아이 엄마는 시뻘겋게 달아오른 얼굴로 다시 날렵하게 쏘아붙인다. "그래서요? 내 짐인데 내 맘대로 못하나요?" 이후 약 5분의 시간 동안 그녀의 입에선 수십 번의 '그래서요?'가 반복됐고, 그날의 '그래서요?'는 참을 수 없이 얄미웠다.

물론, 정당한 '그래서?'도 있긴 하다.

> 나: 나 오늘 출근길 대박! 버스 탔는데, 어떤 육중한
> 아줌마가 내 옆에서 서는 거야.
>
> 동료: 어어, 그랬는데?
>
> 나: 근데 다음 정류장에서 사람들이 밀려들어 오면
> 서 내 무릎 위에 넘어진 거 있지.
>
> 동료: 그래서 어떻게 됐어?
>
> 나: 무지 당황스러웠지.
>
> 동료: 그래서 넌 어떻게 했어?
>
> 나: 뭐 아무 말도 못하고 가만 있었지 뭐.
>
> 동료: 그랬더니 뭐래?
>
> 나: (어딘가 휑한 마음에 슬쩍 픽션을 가미해볼까도 싶었지
> 만, 관두기로 한다) 그 아줌마? 미안하다 하더라구.

그렇다, 동료의 '그래서?'는 정당했다. 그녀는 내 이야
기에 제법 관심도 보여줬다. 그러나 명백한 사실은, 나의
'대박 사건'이 그녀의 합리적이고 논리적인 '그래서?' 앞

에서 싱겁게 시들어버렸다는 거다. 당분간은, 그녀와 업
무 이야기만 하기로 했다.

　결론!

　가급적이면 '그래서?'의 방향성은 오로지 나 자신이어
야만 할 것 같다. 정당성의 여부를 떠나서.

어른스러운
견고함에 대하여

나 자신을 향해 '그래서?'를 묻다 보면, 보다 더 견고한 사람이 될 수 있을까? 그럼 나도 비로소, 어른다운 진짜 어른이 될 수 있는 건가? 그나저나, 명백히 언제부터가 진짜 어른의 시작인 걸까? 어른의 시작 지점이 정확히 어딘지는 몰라도, 내가 그 지점을 넘어선 지 한참 지났다는 것만은 분명하다. 그리고 그보다 더 분명한 것은, 여전히 난 연약한 영혼이라는 사실이다.

난 여전히 쓸데없이 급하고, 실속 없이 욱하고, 별거 아닌 일에 안달내곤 한다. 실패에 의기소침하기도 하고, 기센 무엇에 주눅 들기도 한다. 이제 나도 좀 단단해지고 싶다는 생각을 하다, 역대 명작 속에 등장해온 어른의 모습을 떠올려봤다.

스크루지 영감은 한겨울 석탄 한 장에도 벌벌 떨 정도
로 현실적이었다. 신데렐라가 만났던 요정할머니는 그녀
의 놀라운 능력만큼이나 따뜻했으며, 구운몽 속 육관대사
는 나태한 제자를 단박에 저 세상으로 보내버릴 만큼 단
호했다.

이 중, 가장 어른다운 어른은 누굴까? 난 육관대사에게
한 표를 던지고 싶다. 짐작하건대 아마도 육관대사는, 제
자의 욕망 마디마디마다 집요하게 따라붙으며 '그래 그
렇단 말이지? 그래서 뭘 더 갖고 싶은 건데?'라고 구시렁
댔을 것이다. 그런 뒤, 더더욱 세차게 제자의 꿈 스토리를
전개시켰을 듯. 긴 말 할 것 없이 단 하룻밤 꿈으로 제자
를 일깨우던 노승의 단호함은, 내가 여지껏 상상해온 어
른스러운 단단함과 비슷한 질감으로 느껴졌다.

결국 '누가 얼마나 어른스러운가'의 차이는, 누가 더 적
재적소의 상황에 '그래서?'를 물을 수 있는가에 달려 있는
것 같다.

집요하게 묻고
벗어나본다

'그래서?'라는 질문은 그 화살의 방향이 나에게 겨누어
질 때 본연의 진가가 발휘된다. 이때의 '그래서?'는 날선
분노로부터 스스로 벗어나게 하는 탈출구 역할을 해낸다.

나에게 던지는 '그래서?'라는 질문에는 남다른 집요함이
있다. 그저 휙 외면해버리고 말 잔혹한 감정더미를 뒤져 기
어이 방점을 찍고 말겠다는 강한 의지다. 하지만 이 집요한
질문 끝에 찾아낸 분노의 본 모습은, 의외로 김빠진 맥주처
럼 허무하다. 바위덩어리같이 무겁게 버티고 있던 분노의
요인들도, '그래서 내가 궁극적으로 원하는 것이 뭔데?'라
는 이 질문에 텅 비어 있던 휑한 속내를 들켜버리고 만다.

물론 질문의 끝자락에서 굵직한 대어가 낚일 때도 있다.
나의 내면 깊숙이 숨어 존재하던 '선명한 의도'다. 이 귀한
지표를 획득했을 땐 이성과 감성의 영리한 조율 안에서, 내
분노의 '진짜 의도'를 실현해나갈 채비를 서둘러야 한다.

15

"뭐라도

되겠지"

"그래도 믿을 만한 몇 사람 앞에선,
그냥 생각나는 그대로 풀어헤쳐보세요.
뭐 별일이야 있겠습니까."

가치 있는
목표 상실

'뭐라도 되겠지'란, 목표를 향해가는 열정적인 걸음에서 깃발을 슬쩍 내려놓은 상태를 말한다. '뭐라도 되겠지'와 '될 대로 되라지'는 모두 '목표의 부재'라는 공통점을 지니지만, '뭐라도 되겠지'는 '될 대로 되라지'보다 성실하다.

'될 대로 되라지'가 모든 감각을 내려놓은 채로 털썩 주저앉아버린 상태라면, '뭐라도 되겠지'는 여전히 자신의 걸음을 주시하고 있다. 단지 '목적지로부터 몇 미터 전'이라는 강박을 비워내고 완전히 새로운 방식으로 세상과 만나고 있을 뿐이다. 그래서인지 '뭐라도 되겠지'의 걸음에는, 예기치 않은 내일을 기대하는 여유와 리듬이 있다. 먼 곳만 주시하던 시선을 성큼 발밑으로 끌어당긴 그 용기 덕에, 간혹 대단히 신박한 발견을 해내기도 한다.

지속성이 요구되는 상황에서 '될 대로 되라지'와 '뭐라도 되겠지'의 차이는 극명하게 드러난다. 반복되는 '될 대로 되라지'는 전신의 근육을 맥없이 풀어놓지만, '뭐라도 되겠지'의 반복은 적당한 근육 이완으로 새로운 에너지를 제공한다. 그래서 '똑같은 목표 없음'에도, '뭐라도 되겠지'는 '될 대로 되겠지'보다 월등 씩씩하다.

색다르게
접근해본다

보통의 사회생활에서 '뭐라도 되겠지'라는 말은 그다지 환영받지 못하는 것 같다. 오히려 대다수의 상사들은 이렇게 다그친다. "생각을 좀 하면서 일했으면 좋겠어." 치밀한 생각? 좋다. 하지만 창작의 세계에서도 그럴까.

프랑스의 시인이자 극작가인 장 콕토(Jean cocteau)는 위대한 무용가 바슬라프 니진스키(Vaslav Nijinsky)를 두고 이런 찬사를 보냈다고 한다. "그의 몸에는 지성이 있다. 머리에만 뭔가가 들어 있는 것은 아니다. 머리를 잘 비우면 몸에 무언가가 깃든다. 그것은 종종 머리에 든 것보다 아름답다." '머리를 잘 비우면 몸에 무언가가 깃든다'라는 표현이 각별히 의미 있게 다가온다. 그도 그럴 것이 명배우, 톱댄서, 특급 축구선수, 유명 예술인들의 활약을 보고 있노라면, '저게 과연 이성적 노력만으로 가능할까'라는 생각이 들곤 했었다. 생각해보니, 그건 머리가 아니라 몸이 본능적으로 발휘하는 감각이었던 것 같다.

모르긴 몰라도, 연기자들이 대본을 분석하는 방법도 그렇지 않을까. 카메라 불이 켜지고 큐사인이 떨어진 후부턴 그저 본연의 감각에 전적으로 몸을 맡기는 것이 몰입감 있는 연기의 비결이 아닐까 싶다. 물론 몸에 깃든 감각은 저절로 툭 튀어나오는 것이 아니라, 그간 머리 싸매며 고민해온 것들이 마침내 날개를 달고 나왔을 테지만.

그러고 보니 작가 조앤 롤링의 이야기가 겹쳐진다. 세계적으로 대히트를 친 해리포터 줄거리는 우연히 기차 안에서 떠오른 것이었다고 한다. 그녀의 표현을 빌리자면, 그날 그녀의 정신이 어느 정도 비어 있었기 때문에 기차 안을 떠돌던 생각이 자신에게 들어온 것이었다고. 빈틈없는 계획으로 꽉 채워놓은 상태에서의 접근, 그러니까 '머리로 하는 접근'에는 어떤 한계점이 존재한다는 것을 그녀 역시 잘 알고 있었나 보다.

가끔씩은 완전히 새로운 방식으로 세상과 만나야 할 것 같다. 머리로 이야기하던 방식을 과감히 내려놓고, 간

간이 몸으로도 대화해봐야 할 것 같다. 오늘 저녁엔, 노트
북, 휴대폰, 지갑 모두 다 내버려둔 채, 맨몸으로 산책 나
서볼 참이다.

16

천진한
호기심이

모여서
만든 것들

'최소한 현재의 기록 정도는 되지 않겠어?
뭐, 태교라도 되겠지'
설령 출판사에서 손 내밀어주지 않는다 해도,
뭐라도 될 것이라 믿는다.

아무것도 아닌 줄 알았는데,
뭐라도 되고 있었다

처음 '뭐라도 되겠지'를 떠올렸을 때, 가장 먼저 생각난 사람이 있었다. 이전 직장에서 같이 근무했던 한 선배 언니다. 주말이 지나고 월요일이 되면 언니는 늘 상기된 얼굴로 이야기했다. "지희야, 언니 이번엔 이 자격증 땄다!" 언니는 늘 부지런했다. 세상엔 정말 다양한 종류의 자격증이 존재한다는 것을 언니를 통해 알게 되었던 것 같다. 자격증의 종류보다 더 신기한 것은, 도전 종목들의 이질성이었다. 언니의 도전 종목들 간에는 어떤 맥락이라는 것을 당최 찾아볼 수 없었다. 모든 도전은 제각각 동떨어진 곳에서 멀뚱거리고 있을 뿐이었다. 사격 자격증부터, 패션, 미용, 그림까지. 음, 또 뭐가 있더라. 아, 작사도 있었지.

'아니, 이건 왜?' '저건 또 왜?' 옆에서 언니를 지켜보며 가장 많이 했던 생각이다. 실제로 어떤 치밀한 지향점이나 계획은 없었던 것 같다. 언니의 호기심을 자극하는 것이라면 무엇이든, 그녀의 도전 과제로 충분히 낙점될 수 있었다. 그야말로 '뭐라도 되겠지' 방식의 표본이다.

간만에 언니를 떠올리다 불현듯 이런 생각이 스쳤다. 그녀의 중구난방 도전 과제들은 호기심의 맥을 이어주는 수단이었는지도 모른다는 생각. 연결 고리일랑 보이지 않는 각양각색의 도전 과제들이 꼬리에 꼬리를 물고 이어져, 그녀의 호기심을 끊임없이 재생시키고 있는 건지도 모르겠다. 그러고 보니 언제나 언니의 눈빛엔 소녀스러운 천진함이 있었고, 그녀를 둘러싼 공기는 한시도 탁했던 적이 없었던 것 같다.

한동안 연락이 뜸했던 그녀의 일상이 문득 궁금해진다. 지금은 어떤 무엇에서 천진한 호기심을 증폭시키고 있을까?

뭐라도
되지 않겠어요?

어떤 목적을 두고 하는 행위는 확실히 능률적이다. 하지만 가끔은, '뭐라도 되겠지' 정신으로 목적 없이 해보고 싶은 것이 있다. 행위 자체가 힐링인 무엇. 내게 글쓰기가 그렇다.

내가 글을 쓰는 이유는, 멋들이진 문체를 뽐내기 위함도 아니고(애초부터 그런 글재주는 없었다), 엄청난 영향력을 행사하겠다는 야망을 실현하고자 함도 아니다. 그저 재미있어서 쓰는 것이고, '쓰다 보면 뭐라도 되겠지' 하는 마음으로 유유히 자판을 두드리고 있다. '최소한 현재의 기록 정도는 되지 않겠어? 뭐, 태교라도 되겠지' 설령 출판사에서 손 내밀어주지 않는다 해도, 뭐라도 될 것이라 믿는다.

그럼에도 글을 쓰다 보니, 하나둘 달라지는 변화들이 있다. 우선, 무조건 달리는 것만이 능사는 아니라는 '페이스 조절의 지혜'를 얻었다. 애써 짜놓은 틀을 과감히 해체할 수 있는 용기도 얻었으며, 뇌에 활력을 주는 음악들로 알차게 채워진 나만의 '플레이리스트'도 생겼다. 무엇보다 중요한 변화는, 별다를 것 없던 나의 일상에도 설렘이라는 감정이 드나들기 시작했다는 거다. 소소한 이야기에도 귀가 번뜩이고, 찰나의 감정에도 정성을 기울이게 됐다. 작은 변화에도 두근거리기 시작했으며, 지극히 평범하다고 생각했던 내 인생의 기억들도 제법 의미 있어 보이기 시작했다. 한마디로 얘기하자면, 내 일상의 음계 자체가 한 옥타브 높아졌다는 얘기다. 그래서일까. 요즘 부쩍 아침 공기가 개운하고 밤공기가 포근하다.

그래, 좋았어! 뭐라도 되고 있는 것 같다.

'뭐라도 되겠지'와 가장 반대편에 서 있는 표현을 꼽으
라면, '일목요연함'일 것이다. 일목요연함은 탄탄한 짜임새
를 갖춘 상태를 의미하는 반면, '뭐라도 되겠지'는 짜임 없
는 자유로운 상태를 의미한다. 난 둘 중에 어느 것을 선호
하는 사람인가?

나는 일목요연한 말하기를 지향하는 사람이다. 방송할
때부터의 습관 때문이기도 하지만, 요즘엔 아예 말하기를
강의하고 있으니, 그 지향의 정도는 보통을 넘어선다 하겠
다. '모든 말에는 말문을 여닫는 구조가 바탕이 되어야 하
며, 각 문단의 첫 문장은 간결하되 핵심을 담고 있어야 한
다'는 공적인 말하기의 진리를, 전국의 강의 현장을 누비며
강조하고 다닌다.

그러나 고백하건대, 일상에서의 내 말하기 취향에는 사
뭇 다른 면이 있다. 목적과 의도가 정리된 일목요연한 말보
단 '뭐라도 되겠지' 식의 두서 없는 말하기에 더 흥미를 느

끼곤 한다. 술에 취한 남편의 말하기가 그렇다.

술 취한 그의 말하기는 지상 최고의 두서없음을 자랑한다. 주어는 맨 뒤에, 동사는 느닷없이 앞으로 튀어나오며, 전혀 상관없는 명사들을 명사와 동사와 주어를 희한하게 내던지는 그의 '아무 말 대잔치'를 보고 있노라면, 이게 무슨 외계어인가 싶다가도, 어지럽게 열거된 단어들 속에서 진짜 속 깊은 고민을 듣게 되기도 한다. 하긴 고민이라는 게, 두서없기 때문에 고민인 게 아닐까? 그러고 보면, 진짜 고민들은 어수선한 상태로 발현되는 게 당연한 것 같기도 하다.

두서없는 말하기엔, 비록 짜임은 없지만 '진심'이 있다. 더듬거리는 호흡과 들쑥날쑥한 성량에서 상대의 다급함, 혹은 절실한 마음이 더 짙게 전해지듯이 말이다. 어쩌면 그렇게 전달된 진심이야말로 내가 정말로 귀 기울여 들어야 할 가장 중요한 이야기일지도.

"무조건 뱉는다고 다 말이 아닙니다, 제대로 말해야 합니다."라는 나의 열변에 슬그머니 딱 한 문장을 덧붙이고 싶다. "그래도 믿을 만한 몇 사람 앞에선, 그냥 생각나는 그대로 풀어헤쳐보세요. 뭐 별일이야 있겠습니까."

2부

너에게 가까이
다가가는 과정에 대하여

이제, 나의 인연들은 나 스스로의 힘으로 만들어보기로 한다.
어쩌다 우연히 가까워지는 그런 로또 같은 행운에
마냥 기대고 싶진 않더라. 능동적이되 자연스럽게,
그런 방식으로 너와의 거리를 찬찬히 좁혀 나가보기로 한다.

17

너에게 선뜻
다가가려는
마음

"거긴 어때?"

사람과 사람 사이의 거리는 계속 변한다.
특별한 근황을 물을 필요 없이 늘 붙어 지내던 친구가,
이제는 근황을 챙겨 물어야 할 정도로 멀어질 때가 있다.

떨어진 거리만큼
애틋하다

'거긴 어때?' 멀리 떨어져 있을 때만 건넬 수 있는 말이다. 관계에 있어, 무조건 가까이 바짝 붙어 지내는 것만이 능사는 아니라고 생각한다. 오히려 어느 정도의 간격이, 나의 속마음을 더 세세히 전해주기도 한다.

아직은 서먹한 두 사람, 문득 그녀가 묻는다.
"여긴 비가 와요. 거긴 어때요?"
그녀의 집 창문을 넘어 우리 집 창가로, 그녀의 다정한 마음이 건너 들어왔다.

치열한 전투 후 아직 낯선 기류가 감도는 두 사람, 문득 그가 묻는다.

"난 지금 점심 먹고 있어, 너도 점심 먹는 중이야?"

그의 회사 식당을 넘어 우리 집 식탁으로, 그 머쓱한 마음이 옮겨왔다.

유난히 적적했던 토요일 아침, 문득 유학 간 절친이 물어온다.

"여긴 밤이야, 거긴 어때?"

태평양을 건너온, 그 푸근한 마음결이 나의 이불 속에 포근히 담겼다.

떨어진 거리만큼 더욱 그윽하게 다가오는 한마디.

거긴 어때?

간격의
재정비

'거긴 어때?'의 무게는 적당히 가뿐하다. 그래서 문자, 카톡과 같은 가벼운 메신저와 유독 잘 어울려 지낸다.

아침 9시, 이 시간이 되면 나의 휴대폰은 어김없이 존재감을 드러낸다. '카톡.' 아빠의 메시지다. "오늘 날씨 좋네! 거긴 어때?" 늘 한결같이, 같은 시간, 비슷한 낱말들로 나의 근황을 묻는 아빠.

그러다 오후 1시경이 되면, 다시 또 휴대폰이 울린다. "뭐하니? 거기, 난방 잘 되니?" 엄마의 메시지다. 주로 점심은 먹었는지, 집안 상태는 어떠한지 등을 살핀다.

종종 연달아 사진 폭탄을 보내는 이가 있는데, 언니다. 언니는 조카들의 활약상을 사진에 담아 수시로 투척한다. 그리고 묻는다. "감자깡 뭐해? 거기도 오늘 미세먼지 심해?"(감자깡은 우리 집에서 통용되고 있는 내 별명이다.)

불과 몇 년 전까지만 해도 우리는 서로의 근황을 물을 필요가 없었다. 한 지붕 아래 다 같이 지내왔으니까. 그러나 그 사이 우리는 결혼을 했고 나는 창원으로, 언니는 익산으로 이사와 살게 됐다. 그렇게 우린, 근황을 물어야 하는 사이가 됐다.

'거긴 어때?'를 주고받는 것이, 가끔은 어색하고 낯설게 느껴지기도 한다. 그럴 때마다 여러 가지 야릇한 감정들이 교차하곤 하는데, 좋은 점은 서로에게 좀 더 친절해졌다는 것이고, 반대로 아쉬운 점은 말 그대로 아쉽다는 거다(단순하지 않은, 이 겹겹의 감정을 어떻게 표현해야 될지 잘 모르겠다).

사람과 사람 사이의 거리는 계속 변한다. 특별한 근황을 물을 필요 없이 늘 붙어 지내던 친구가, 이제는 근황을 챙겨 물어야 할 정도로 멀어질 때가 있다. 절기마다 의례적으로 근황을 나누던 선배와 갑자기 어떤 계기로 인해 긴밀하게 연결되기도 한다. 그렇게 수시로 재정비되는 간격은, 나의 인생 동반자들을 하나둘 추려내고 있을 것이다. 이 냉정한 '간격 재정비'를 견뎌내려면, 틈틈이 '거긴 어때?'를 물어야 할 것 같다.

　"엄마, 거긴 어때요?"
　"아빠, 거기는요?"
　"언니가 있는 거긴 어때?"

18

달을
핑계 삼아

건네는 인사

언젠가 어떤 날에,
시답지 않은 핑곗거리를 찾아
두리번거리는 나를 보게 된다면,
내 전화의 수신자는 아마도 너이지 않을까?

핑계,
화려함을 경계할 것

'거긴 어때?'는 종종 용도를 변경하여, 유용한 핑곗거리로 사용되기도 한다. 질문을 빙자해 은밀한 '관심'을 드러내는 경우가 그렇다. 이런 경우, 가장 '보통의 것'들이 가장 그럴듯한 소재가 된다. 그런 의미에서, 날씨, 출퇴근길, 모닝커피와 같이 늘 우리 곁에 존재하는 일상의 것들은, 용도 변경한 '거긴 어때?'와 환상의 파트너십을 발휘한다. "오늘 하마터면 지각할 뻔했어요. 당신은 어땠어요?" "어젯밤 모처럼 잠을 푹 잤더니, 컨디션이 좋네요. 당신은 어때요?"

얼마 전 선배가 책을 출간했다. 선배의 출간 소식에, 그녀의 SNS, 문자, 전화는 연일 북새통이었다고 한다. 그리고 가장 중요한 사실! 한동안 연락이 뜸했던 그녀의 썸남 또한 연락이 왔단다. 썸남의 연락에 선배는 잠시 들떴지만, 이내 다시 또 생각이 많아진다. 헷갈리기 때문이다. '진짜 책 때문이야? 아님, 책을 핑계로 한 관심 표현인 거야?'

자고로 핑계는, 화려할수록 무능력해진다. 그 화려한 것은 눈치 없이, 자신이 진짜 주요한 용건인 양 둔갑해버리기 때문이다. 아무래도 그의 관심을 표현하기엔, 책 출간 소식보단 날씨 정보가 더 요긴한 핑계였을 듯.

언젠가 어떤 날에, 시답지 않은 핑곗거리를 찾아 두리번거리는 나를 보게 된다면, 내 전화의 수신자는 아마도 너이지 않을까? 도서관 근처를 배회하다, 불현듯 어느 아담한 카페의 간판이 눈에 들어왔다. '달이 예쁘게 떴다는 이유로 당신에게 연락할지 모르겠어요.' 오! 이 또한 괜찮은 핑곗거리다.

"오늘, 달이 예쁘게 떴어. 거긴 어때?"

거긴 어때?
응대법

'거긴 어때?'는 정답을 구하는 일반적인 질문이 아니다. '거긴 어때?'는 언제나 뜬금없는 타이밍에 등장하며, 적절한 응대 없이는 금세 움츠러들고 만다. 그러므로 '거긴 어때?'라는 물음에는, 수신자의 각별한 주의가 요구된다.

누군가 당신에게 "거긴 어때?"라고 물어온다면…

단답형으로 정답을 맞히지 마세요(애초부터 정답은 그닥 궁금하지 않았거든요). "왜?"라고 용건을 묻지도 마세요(솔직히, 별다른 용건이 없어요).

어색하겠지만, 어색해하지 마세요(더 어색한 건 나예요).

언젠가 내가 너에게 '거긴 어때?' 하고 묻는다면, 아무렇지 않은 척 태연하고 느긋하게, 그냥 아무 말이나 늘어놓아주기를. 그게 정답이다.

간격을 좁히는
가뿐한 습관

'거긴 어때?'는 먼저 내미는 손길이다. 굳이 매무새를 가다듬을 필요 없이 있는 그대로의 상태에서 대단히 가뿐하게 툭, 마음을 건넨다.

시작하는 관계에서, '거긴 어때?'는 산뜻한 긴장을 머금고 있다. 이 간단한 물음만으로도, 줄곧 너만 떠올리는 나의 모습이 충분히 그려질 거라는 걸 알기에, 자꾸만 이 긴장되는 네 글자를 건넨다.

이미 익숙한 관계에서 '거긴 어때?'는 성실하고 뭉근한 마음을 내포한다. 익숙해질 대로 익숙해져 버린 우리지만, 그래도 여전히 나의 일상은 너라는 배경 속에서 그려지고 있음이 전해져, 짙은 감동을 안긴다.

격한 갈등 이후 어색한 분위기를 탈피하는 데도 '거긴 어때?'는 유용하다. 온갖 모진 말들을 쏟아부었던 우리지만, 그럼에도 불구하고 어찌할 수 없는 애정과 측은함은 결국 '거긴 어때?'를 집어 들게 한다. 나의 이 애잔한 마음을 너 역시 잘 알고 있기에, 이 밑도 끝도 없는 질문을 받아들이지 않을 수 없다.

언뜻 가뿐해 보이지만 그 울림만큼은 너무나 묵직한 물음 '거긴 어때?'

아무래도 이 물음은 궁금할 때 사용되라고 만들어진 질문이 아니라, 네가 사무치게 생각날 때를 위해 만들어진 듯하다.

19

네가 있던 풍경

"기억할게"

난 오늘도 네가 기억해준
나의 모습들이 몹시 궁금하다.
나에 대한 다른 누군가의 기억은,
늘 받고 싶은 선물이다.

특급 선물,
기억

기억은 대체로 아름답다. 그리고 대부분의 기억은 다른 사람의 시선 속에서 만들어질 때 절정의 아름다움을 발산한다.

가끔 내 주변인에게서 나에 대한 이야기를 들을 때가 있다. 나조차도 생소한 이야기들에 귀가 솔깃해진다.

"너, 떡볶이 얘기만 하면 동공이 두 배 되는 거 알아?"

"너, 그때 가로수 길에 서 있었을 때 천생 가을 여자 같아 보였는데."

"예전에 우리 첫 엠티 갔을 때, 네가 술 먹다 좀비처럼 깨어나서 노래 불렀던 거 기억나."

아, 내가 그랬었구나. 그들의 기억 속에서 꺼내어진 내 이야기를 듣게 될 때면, 괜히 고마운 마음이 든다.

지금의 내 모습은, 어떤 장면 속에 담겨져 있을까? 난 가끔씩 '3인칭 관찰자 시점'으로 한 걸음 멀리 떨어져, 지금 내가 서 있는 풍경을 바라보곤 한다. 그렇게 3인칭 프레임 안에서 바라본 나의 일상은 새삼 평화롭다. 애처로운 현실 속 고군분투 역시도, 3인칭 프레임 안에선 꽤 운치 있는 분위기로 담겨진다(남편은 이런 날 두고 이인증* 아니냐고 우려하지만, 뭐 그 정도로 심각한 지경은 아니리라 믿는다). 그러고 보면, 우리 모두의 일상은 우주를 장식하고 있는 꽤 괜찮은 걸작일지도.

'스스로가 인지하는 자신의 모습'에다 '타인의 시선 속 내 모습'을 더할 때, 진짜 '나'라는 사람의 완전체를 만나게 되는 게 아닐까? 그래서 난 오늘도 네가 기억해준 나의 모습들이 몹시 궁금하다. 나에 대한 다른 누군가의 기억은, 늘 받고 싶은 선물이다. '3인칭 김지희 시점'에 담긴 너의 모습도 좋은 선물이 되기를.

---

* 이인증(離人症)이란 자신이 낯설게 느껴지거나 자기 자신으로부터 분리된 느낌을 경험하는 자아장애의 일종이다.

몹쓸
기억력?

기억 방식은 크게 둘로 나뉜다. 소소한 것까지도 살뜰
히 기억하는 사람과 중요한 몇 가지만을 기억하는 사람.

소소한 여러 가지를 기억하는 사람은 행동마다 센스가
넘친다. 주변의 모든 상황을 호기심으로 맞이해 재빠르게
반응한다. 반면, 오로지 몇 가지만을 기억하는 사람은 현
명하다. 중대한 몇 가지를 중심으로 관심의 강약을 부여
하며, 중요한 것에 더 깊은 성의를 기울인다. 결론은, 두
가지 기억력 모두 저마다의 매력을 지니고 있다는 것.

그러므로 그의 듬성한 기억은 존중받아 마땅하며, 그녀
의 세세한 기억 방식 역시, 사랑받아 마땅하다. 간혹 기념
일을 잊더라도, 토라지지 않기로 한다. 설령 미주알고주
알 캐묻더라도, 불평하지 않기로 한다.

20

너와
함께한

내 시절을
기억하며

너의 마음속에 구겨져 담겨 있는
그 아픈 기억들도, 나와 함께하는 시간들 속에서
훌쩍 건너뛰어지길 소망한다.

찰칵,
순간을 기억한다

우리의 기억 창고에 담긴 수많은 장면들. 그중에서도 가장 짜릿한 것을 고른다면, '순간'을 포착한 장면들이다. '시간'을 더듬어 되짚은 기억들은 간혹 해설자의 의도에 따라 각색되곤 하지만, '순간'을 떠올리는 기억들은 대단히 생생하고 섬세하다.

중학교, 고등학교를 넘어 지금까지 대략 20년의 시간을 함께해온 친구들이 있다. 유난히 뒤척이던 밤, 이 친구들의 얼굴을 하나하나 떠올려본 적이 있는데, 한 명 한 명 연상되는 '순간의 장면'들이 있어 피식 웃었던 기억이 난다.

언제나 3초 빠르게 반응하고 3보 앞장서 걸어가던 은주. 하늘색 떡볶이 코트에 단정한 주름치마, 대학생 지퍼 파일을 들고 연신 싱글거리던 현정. '높은 책상, 낮은 의자'라는 환상의 구도를 만들어내어 시시때때로 '꿀잠'을 청하던 정하. 자전거를 끌고 연일 독서실 주위를 배회하던 지혜. 체지방 0퍼센트를 자랑하던 경민. 사진만 찍으려 하면 어느새 달려와, 가장 극적인 포즈로 브이를 날리던 이경.

그리고 또 있다. 툭하면 다가와 시비 걸던 송희(애정이라 믿는다), 코 기름 잔뜩 바른 기름종이를 수북이 놓고 가던 미희. 세상 열정적으로 징을 치던 지숙.

아, 절대 체지방을 빼놓을 수 없지(이 친구의 이름은 최지원인데, 앞 두 글자를 변형하다 보니, 체지방이 됐다. 전혀 뚱뚱하지 않음을 말해둔다). 체지방 하면 떠오르는 장면은 이렇다. "너가 체지방이니?"라고 묻는 우리 엄마에게 "아뇨, 저는 체지방이 아니라 최지원인데요."라며 당돌한 항변을 하던 10살 꼬마의 당찬 눈빛.

웬만한 건 깜빡깜빡, 좀처럼 기억하지 못하는 내가 이 찰나의 순간들만큼은 또렷이 기억하고 있다는 게 나조차도 신기했던 밤. 나의 친구들이 새삼 애틋해진다.

기억하고 싶지 않은
기억 대처법

누구에게나 기억하고 싶지 않은 순간이 하나쯤은 있다. 그와 관련한 모든 흔적들을 싹싹 지워 내고 싶을 만큼, 기필코 벗어나고픈 기억이 누구에게나 있다.

그러나 아이러니하게도, 그 기억을 가장 선명하게 하는 건, 바로 그 '기억하고 싶지 않은 마음'이나. 그와의 다섯 번째 데이트는 훌랑 잊어도, 처절했던 마지막 이별 장면만큼은 이토록 생생하게 남아 있는 이유도, 기억을 지워 내고 싶었던 그 마음 때문일 것이다.

사실 기억은 지우는 것이 아니라, 결국에 당당해져야 할 무엇이다. 나쁜 기억이 여전히 끔찍하다는 건, 아직 그 언저리에 머물러 있다는 증거다. 스스로 그 기억의 언저리를 훌쩍 뛰어 넘어선 어느 날, 끔찍했던 기억은 당당한 고백이 된다. 자신의 노숙 생활을 이야기하는 만화가. 이제 그에겐, 세상을 바라보는 깊은 통찰력이 있다. 스스로 '몸치'임을 인정하는 10년 차 여가수. 이제 그녀에겐, 몸의 삐걱임을 상쇄할 소울이 있다. 그때 그 시절 흑역사를 스스로 들춰내어 태연하게 얘기하는 이에겐, 항상 그 이상의 내공이 있다.

너의 마음속에 구겨져 담겨 있는 그 아픈 기억들도, 나와 함께하는 시간들 속에서 훌쩍 건너뛰어지길 소망한다.

'외우다'가 의지를 바탕으로 한 작업이라면, '기억하다'
는 애정을 바탕으로 한다. 외우기 위해선 무한반복이 효과
적이지만, 기억하기 위해선 단 한 번의 짙은 감흥이면 충분
하다.

외우는 과정에선, 빨간 색연필이나 눈에 띄는 형광펜이
동원되지만, 기억하는 과정에선, 감동, 깨달음과 같은 격한
'마음의 파동'이 동원된다. '외우다'의 저장소가 머릿속 '단
기저장소'라면, '기억하다'의 저장소는 미음 깊숙이 자리한
'장기 저장소'다. 그러다 외운 무엇을 꺼내었을 땐 능력을
인정받게 되고, 기억한 무엇을 꺼내었을 땐 너를 향한 섬세
한 마음결을 드러내게 된다.

21

"그렇지!

그렇지?"

사람 사이의 대화도 별반 다르지 않더라.
어떤 얘기든 속 편히 꺼내놓게 되는 사람들.
그런 사람들의 음성에는,
언제나 '그렇지! 그렇지?'가 빈번히 교차한다.

너의 말문을 열어주는
대화 치트키

'그렇지'는 '그니까, 그치' 등의 다양한 형태로, 대화의 틈새에서 영향력을 발휘한다. 듣는 이는 이야기의 틈새를 포착하여 '그렇지!'라는 감탄을 끼워 넣고, 말하는 이는 틈틈이 '그렇지?'를 건네며 '들어올 공간'을 마련해준다.

시들어가는 대화의 현장에서, '그렇지!'가 끝까지 숨결을 불어넣는 열의라면, '그렇지?'는 시종일관 너의 안위를 살피는 보살핌이다. 그래서 '그렇지!'에는 뜨겁고 격렬한 음성이 어울리며, '그렇지?'에는 나긋하고 동그란 음성이 어울린다.

'그렇지!'에서 진정성을 결정하는 건 반응 속도다. 말이 끝나기 무섭게 재빨리 등장하는 '그렇지!'에선, 격한 공감과 감탄이 묻어난다. 그에 비해 '그렇지?'에선 빈도가 관

건이다. 이 짤막한 질문이 자주 건네질수록 너와 나 모두,
대화의 중심에서 사이좋게 즐길 수 있다.

　　세상에서 가장 이상적인 관계는 '그렇지!'와 '그렇지?'
의 역할이 자연스럽게 교차되는 관계다. 어느 한 사람에
게 일방적으로 '그렇지!'를 강요하지 않으며, '그렇지?'라
는 부담 역시도, 어느 한쪽으로 치우쳐 부여되지 않는다.

천상의 콤비
플레이어

'그렇지!'라는 환호가, 언제나 2인자의 역할만 하는 것은 아니다. 의외로 많은 순간에, 1인자를 넘어서는 괴력을 보여준다.

관중 없는 경기장보다 환호 가득한 경기장에서의 경기가 단연 더 활기찬 이유, 텅 빈 공연장보다 꽉 찬 공연장의 열기가 단연 더 뜨거운 이유, 인기드라마 작가의 자판이 비주류 작가의 자판보다 단연 더 현란한 이유는, 무엇일까? '그렇지!'의 1인자다운 괴력 덕분이다. 운동선수와 성악가, 작가의 실력은 그들의 노력이 만들어내지만, 그들의 컨디션을 만들어내는 건 '그렇지!'라는 대중의 환호였다.

너와의 대화도 마찬가지. 대화의 내용을 결정하는 건

너의 경험과 생각이지만, 그 경험과 생각이 '어디까지 끌어내어지는가'는 마주한 나에게 달려 있다. 넌 지금 어제의 성공담을 얘기하고 있고, 난 '그렇지! 그렇지?'를 연발하며 너의 성공담에 환호하고 있다. 나로 인해, 너의 그 성공담이 더욱 화려해지길 고대한다.

정답 없는 것이
좋다

기계치가 간단한 버튼 앞에서도 바들바들 머뭇거릴 수밖에 없는 이유는, 절대 불변의 답이 존재한다고 여기기 때문이다. 정답에서 빗나갈 경우, 통제 불능의 사태가 벌어질 수 있다는 두려움. 그 흔한 내비게이션 앞에서도, 여전히 내가 움츠러드는 이유다.

인간은 본래 기계와 달라서 유연하다. 애당초 정답 없이 태어난 대신, 상대의 반응에 맞추어 최선의 대안을 마련해내는 재주를 겸비했다. 실수로 잘못된 논리에 들어섰다 하더라도, 나름의 운치와 뜻밖의 지혜를 발견해내며 새로운 가능성을 만들어낸다.

인간이 경계해야 할 최악의 실수는, 자신의 원칙을 지나치게 꽉 매어두어 특유의 유연함을 잃어버리는 것이다.

이에 대비해 우리는, '그렇지? 어떻게 생각해?'라는 질문을 서로에게 수시로 묻고 답해야 한다. 이런 질문들로, 머릿속에 꽉 매어둔 원칙들을 느슨히 풀어주어야 한다. 내가 수시로 너에게 '그렇지?'를 물어대는 건, '인간다운 경쟁력'이라는 것을 소진하지 않기 위함이기도 하다.

22

내 마음
공감해주는

그 한마디

비록 소맥 한 잔 기똥차게 말아주는
술 동무는 못되더라도,
술잔에 담겨 있는 그 쪼잔한 마음에
'그렇지!'라는 차진 추임새는
기꺼이 얹어줄 순 있을 것 같다.

그대의 수다에
날개를

수다쟁이. 유난히 말수 많은 사람을 이르는 말이다. 수다의 생명력에 대해 생각해봤다. 제 아무리 수다쟁이인들, '그렇지! 그렇지?'의 맞장구 없이는 한계가 있지 않을까. 하지만 한계 없는 수다도 있긴 있더라.

우리 아빠는 수다쟁이다. 엄마의 표현을 빌리자면, 싱거운 수다쟁이다. '싱거운'이라는 다소 부정적인 수식어가 붙게 된 건, 시시때때로 썰렁한 농담을 시도하는 것도 모자라, 한번 말했던 레퍼토리를 무한 반복하는 탓이다. 사실 후자가 더 심각한 문제다.

아빠의 레퍼토리를 몇 가지 소개하자면, '아빠의 직원이 예전에 신차를 배송하는 일을 했었는데 그가 일러주길, 자동차 끼어들기를 할 때엔 바깥 차선을 끝까지 타고

달리다 들어오는 것이 가장 빠른 방법이라고 했다'라는 꿀팁 전수부터 시작해서, '대대로 내려온 조상 땅이 있는데, 그것을 분할하는 과정에서 이러저러한 불협화음이 있었고, 그래서 그들과의 관계가 안 좋다'라는 집안 역사에 관한 이야기까지. 그 장르는 다양했다.

아쉬운 것은, 장르는 다양할지언정 개수가 대단히 한정되어 있다는 거다. 그런 안타까운 연유로, 몇 안 되던 레퍼토리들은 약 20년 전부터 현재까지 무한 반복되고 있으며, '우리 직원이~'라는 몇 단어만 들어도 이제 우리는 '아!' 하게 되었다. 그렇다고 뭐 크게 문제될 건 없었다. 그럴 때마다 딸의 특권을 이용해, "그래서 이렇게 됐다는 얘기죠? 그 얘기 105번째예요."라는 팩트 폭격으로 툭툭 끊어내면 됐으니까.

문제는 결혼 이후부터다. 아빠는 남편에게 여전히 같은 레퍼토리를 반복 재생하고 있고, 남편은 그 지루한 이야기들을 처음인 양 듣고 있다(세상 가장 애처로운 모습이다). 아빠는 도대체 왜, 이미 했던 얘기라는 사실을 기억하지 못하는가, 워낙 여기저기 얘기하다 보니 정작 누구에게 얘기한 건지가 헷갈리는 건가.

어느 날 운전을 하던 아빠는 다시 또 '차선 끼어들기' 이 야기를 꺼내기 시작했다. 난 이때다 싶어 작정하고 물었다. "아빠, 아빠는 전에 이야기했다는 게 기억이 안나요?" 그러 자 의외의 대답. "아니 알지, 근데도 자꾸 말하고 싶어." 헐, 역대 아빠의 이야기 중 가장 코믹했던 멘트였다.

생각해봤다. 전에 이미 이야기했다는 걸 알면서도 굳이 다시 또 얘기하고 싶은 마음. 그건 대체 어떤 마음일까? 충분한 공감을 얻지 못한 데 대한 아쉬움일까, 이번만큼 은 정말 제대로 공감받고 싶다는 갈망일까.

조만간 아빠의 가열찬 리바이벌이 또 시작될 것이다. 그땐 온 마음을 다해 열렬히 힘을 얹어드릴 작정이다. '그 랬군요? 그렇죠! 그랬구나'는 기본 베이스로 하되, 요즘 유행하는 '그레잇! 슈퍼 그레잇!'까지 동원하는, 지상 최 고의 격렬한 추임새를 준비해본다. 아빠의 에피소드에 역 대급 날개가 달리기를.

묻지도
따지지도 말고

"그렇지!"

네가 바른말을 할 때에만 이 추임새가 활용되는 건 아니다. 툴툴거리고 모난 마음 곁으로 치고 들어오는 '그렇지!'는 유독 더 차다. 너의 지금 감정이 후지다는 것쯤은 이미 너도 잘 알고 있다는 걸 안다. 하지만 그럼에도 불구하고 공감받고 싶었던 마음, 일단은 위로 받고 싶었던 그 마음을 알아줄 누군가가 필요했을 것이다.

비록 소맥 한 잔 기똥차게 말아주는 술 동무는 못되더라도, 술잔에 담겨 있는 그 쪼잔한 마음에 '그렇지!'라는 차진 추임새는 기꺼이 얹어줄 순 있을 것 같다. 오늘도 허섭스레기 같았다던 너의 하루. 너를 대신해서 열변을 토해보기로 한다.

허물없이
만만하게

'그렇지! 그렇지?'의 등장 패턴은 일정하지 않다. 격없이 자유롭게 흩뿌려지는 경우가 있는가 하면, 대단히 주기적인 간격을 두어 정중히 표현되는 경우도 있다. 추임새에 좋고 나쁨이 어디 있겠냐마는, 빠르게 애정의 씨앗을 싹 틔우기엔 전자가 좀 더 유리한 것이 사실이다. 사람이든 사물이든 모든 것에 대한 애정은, 긴장 없는 자유분방함 속에서 가장 잘 자라나는 것 같다.

난 책과 담 쌓은 아이였다. 권당 500원의 포상금을 걸어가며 달래고 달래야 겨우 한 권을 읽어내는 정도였으니까. 어릴 적 나에게 책이란, 딱딱하고 거북한 무엇이었다.

내가 책과 글에 애정을 품기 시작한 건, 그들과 자유로운 대화를 시작하면서부터다. 경직된 자세로 바르게 앉아 작가의 생각을 경청했던 과거에서 벗어나, 허물없는 태도로 책을 막 대하기 시작한 후부터, 책과의 거리감은 부쩍 줄어들었다. '그래, 그렇겠다' 밑줄 그어 두기, '그렇지!' 동그라미 그려 넣기, '과연 그럴까?' 모퉁이 접어두기. 문장의 임팩트가 강렬할수록, 나의 밑줄과 동그라미, 그 밖의 표기들은 더더욱 격한 흔적을 남긴다.

그간의 독서 경험을 돌아보면, 자주 꺼내 읽는 책엔 늘, 밑줄과 동그라미가 현란히 뒤섞여 있었다. '그렇지!'라는 탄성과 '그렇지?'라는 여운을 간간이 버무려가며 감칠 맛나게 소통하던 작가와의 대화는, 늘 짜릿했다.

사람 사이의 대화도 별반 다르지 않더라. 어떤 얘기든 속 편히 꺼내 놓게 되는 사람들. 그런 사람들의 음성에는, 언제나 '그렇지! 그렇지?'가 빈번히 교차한다.

'허물없는 태도로 만만히 들이댈 것!'

이직온 낯선, 너와의 내화도 이러한 마음 자세로 접근해 보려고 한다. 책이 그랬던 것처럼, 너의 말문도 뻥 트이기를.

23

"역시"

그렇게
내 자부심이
되어주길

문득, 나만큼 불안해 보이는 네가 보인다. 내 너를 위해 신통한 점괘를
술술 읊어내진 못하더라도, 너의 마음속에 오래전부터 깃들어 있던
'역시'라는 궁극의 믿음이 무엇이었는지는 말해줄 수 있을 것 같다.

믿음직스러움의
탄생

'역시!'

매년 계절이 돌아오는 시기마다 본능적으로 이 말을 내뱉게 된다. 올해도 3월의 봄은 '역시'였다. 봄바람에 디스코 춤을 추는 개나리는 역시나 흥이 넘치고, 점잖던 소나무도 바람에 흔들흔들 역시 리듬을 탄다. 그러자 곁을 지나던 시냇물도 한껏 기운을 내어 봄의 흐름을 탄다. '역시 봄이로구나!' 언제나 봄은, 변함없는 모습으로 감동을 안긴다. 그 한결같은 감동이 해마다 쌓이다 보니, 이젠 무조건 봄을 신뢰하게 됐다. 추위가 풀리건 말건, 일단 3월의 달력이 열리는 순간부턴 무조건 감탄의 세리머니를 시작하고 본다. 어차피 곧 봄이 올 테니까.

한 사람에 대한 신뢰 역시도, '역시'의 누적으로 만들어진다. 우리는 어떤 한 사람을 평할 때, 그간 봐왔던 그의 행동들을 기반으로 '이 사람이라면 이렇게 처신하겠지'라고 예측하곤 한다. 그러다 그 예측이 들어맞으면 '역시!' 하며 신뢰를 표하게 되고, 예측과 빗나간 사람에 대해선 도통 종잡을 수 없다고 여기게 된다.

사람들은 나의 어떤 점을 두고 '역시'라 생각할까. 아니, 그런 부분이 또렷하게 있기는 할까. 가만 보자, 넌 어떻더라? 조만간 너에게서 그 신뢰의 지점을 다시금 발견하게 된다면, 난 주저 없이 '역시!'라고 치켜세울 작정이다. 그렇담 너 역시도, 네 고유의 원칙과 신뢰를 일찌감치 지켜낼 수 있을 테니까. "역시 넌 들어주는 거 하난 최고인 것 같아. 일단 너라면, 뭐든 털어놓게 된다니까." 이게 머잖아 너에게 건네고 싶은 '역시'다.

몹시 불안했던가
봅니다

누구나 마음속에 한 가지 정도의 자부심을 지니고 있다. '역시 난 ○○해!'라는 멋쟁이 자부심은, 스스로에 대한 '궁극의 믿음'이다. 그리고 그 믿음의 지점이 흔들리는 순간을, 우리는 '불안'이라 칭한다.

불안이라는 감정은 시시때때로 우리에게 들이닥친다. 연달아 실수 퍼레이드가 이어진다든가, 나의 계획과는 다른 방향으로 하루하루가 흘러갈 때, 내 인생에 도통 희망 일랑 찾아볼 수가 없을 때. 그렇게 불안한 마음이 온 마음을 어지럽히고 있을 땐, 서점도 미술관도 아닌 철학관의 문을 두드리게 된다. 그러곤 '정말 객관적으로 제 운명을 풀어주세요'라는 엄숙한 요구를 들이민다.

그러나 나의 사면초가를 그대로 반영한, 앞으로도 당분

간 안 좋은 상황이 이어질 거라는 점괘에 급격히 언짢아진다. '그깟 점괘가 어떻게 모든 이의 인생을 맞출 수 있겠느냐' '인생은 스스로 만들어가는 거 아니겠느냐' 하며 서둘러 지성인 코스프레를 해보지만, 언짢은 마음은 도통 뿌리쳐지지가 않는다. 아마 내 마음속엔 늘, '역시! 난 죽지 않았어, 역시! 내 인생은 잘 풀리고말고'라는 '궁극의 믿음'이 있었던 것 같다. 그걸 단지 다른 이의 입으로 명명백백 확인하고 싶었을 뿐. 그래서 내 오랜 믿음을 뒤집는 점괘가 그리도 거북했나 보다.

문득 나만큼 불안해 보이는 네가 보인다. 내 너를 위해 신통한 점괘를 술술 읊어 내진 못하더라도, 너의 마음속에 오래전부터 깃들어 있던 '역시'라는 궁극의 믿음이 무엇이었는지는 말해줄 수 있을 것 같다. 그런 면에서 난, 적어도 너에게만큼은 철학관 할아버지보다 용하다.

24

"그럼 그렇지"를

뒤집는
주문

어쩌면 지금 이 순간 당신 곁의 누군가는,
'역시'의 능글맞은 외출을 몹시 기다리고 있을지도 모른다.

역시의
다소 능글맞은 사용법

한편 혹자는, '역시'를 좀 더 능글맞게 사용해주길 바라기도 한다. 시간적 변칙을 활용한 이 '역시 사용법'은, 다소 능글맞긴 해도 제법 유용한 것이 사실이다. 자, 어디 한번 들어볼까?

나에게 특별히 희망하는 무엇이 있을 땐,
'역시!'를 서둘러 사용해도 좋습니다.

"역시 넌 웃을 때 제일 예뻐."
(최선을 다하여 내 안의 긍정미를 모조리 끌어올린다.)
"역시 당신은 손맛이 끝내준다니까."
(그래, 오늘 제대로 한 상 차려드리리.)

당신의 '역시'로 인해 자부심을 느낀 나는

나도 모르게, 좋은 모습을 보여주려 애쓰게 될 테니

까 말입니다.

혹시 압니까?

당신이 제소심한 용기에도 '역시!'라 외쳐준다면, 제

안의 돈키호테가 불끈 솟아오르게 될지.

어쩌면 지금 이 순간 당신 곁의 누군가는, '역시'의 능
글맞은 외출을 몹시 기다리고 있을지도 모른다.

너였기에
가능했던 일

'역시'가 겹겹이 쌓이다 보면 아주 요긴한 주문이 만들어지기도 하고, 반대로 징그러운 징크스가 출몰하기도 한다. 역시나 나의 일상에도 두 종류의 '역시'가 공존한다.

소개팅에 열을 올리던 여대생 시절, 내겐 아주 긴요한 주문이 있었으니, '화이트 원피스'다. 하릴없이 빈둥대던 어느 가을 날, 동아리 방구석에 엎드려 나의 장대한 소개팅 역사를 통계 내본 적이 있다. 결론은 '역시 하얀색 원피스를 입어야 성공 확률이 높아지는구나'였다. 그렇게 그날 이후, 내 옷장 속 모든 화이트 원피스들은 '승부의 옷'이라 칭해지며 나름의 입지를 구축하게 됐다.

그런가 하면, 몇 가지 징크스도 있다. 어릴 적부터 이상하게도, '이삿짐 사다리차'를 본 날은 꼭 일진이 사나웠다.

오래 축적된 안 좋은 기억들 탓에, 지금도 어쩌다 길에서 사다리차를 만나게 되면, 아무래도 오늘은 운이 좋지 않겠다며 잔뜩 긴장하게 된다. 그러다 정말 사고가 터지기라도 하면, 역시 오늘 본 사다리차 탓을 해대며 기존의 징크스에 힘을 보탠다. 뭐니 뭐니 해도 가장 기쁜 날은, 징크스의 역사가 깨지는 날이다. 너와의 소개팅 날, 코앞에 사다리차가 지나갔음에도, 우리의 만남은 성공적이었다. 그 이후의 만남에서도 징크스는 좀체 맥을 추리지 못했다. 내가 어떤 색의 옷을 입든 아랑곳없이 우리의 유대는 갈수록 돈독해졌고, 그렇게 난 너라는 그늘 안에서 나의 오래된 징크스들을 하나둘 깨뜨려가고 있다. 조만간, 또 한 번의 산뜻한 뒤집기 한판을 기대해본다.

'혹시'가 신선한 반전을 기다리는 기대감이라면, '역시'
는 여전한 위대함에 대한 찬사다. '혹시'의 기대감은 야트
막한 개울가에서 찰랑거리지만, '역시'를 고대하는 마음은
깊숙한 물길 속에서 너울거린다.

이 둘은, 승리 이후의 반응에서도 차이를 드러낸다. '혹
시'의 승리가 짧은 반전의 순간을 반복 재생한다면, '역시'
의 승리는 너의 파란만장 스토리들을 총망라하여, 특별 편
성한다.

결과론적인 관점에서, '혹시'는 희망을 품게 하며 '역시'
는 인생의 엄숙한 진리를 깨우친다. 내일 기회가 역전될지
모른다는 '희망 유발자'가 혹시라면, 오랜 공들임은 쉽게
넘어지지 않는다는 '진리 찬양자'는, 역시다.

25

나다운
나라서

"대견해"

'그럼에도 불구하고 난 네가 자랑스럽다'라는 말보다,
더 포근한 위안이 있을까?
나의 소소한 찬사가 너에게도 깊숙한 위로로 남길 바라본다.

격이 다른
찬사

'대단하다'는 너의 성취를 그저 축하하고 말, 그런 종류의 찬사가 아니다. 곧 찬사의 크기를 거뜬히 뛰어넘을 '다음 무대'를 준비해야 한다는 것을, 우리는 직감적으로 잘 알고 있다. '대상 수상자는 이듬해에 고전을 면치 못한다'는 속설도, 이 부담감에서 비롯됐을 터.

그에 비해 '대견하다, 혹은 자랑스럽다'는 좀 더 마음 놓아도 될 찬사다. 반짝이는 성취의 순간에 대한 환호가 아니라, 고군분투해온 그간의 모든 시간에게 보내는 토닥임이기 때문이다. 그래서 '대견하다'에는 약간의 부족함까지도 끌어안는 푸근함이 있다.

'대견하다'는 더 커다란 성과를 기대하기보다는, 지금 그 정도로만으로도 이미 충분히 자랑스럽다고 말한다. 그리고 늘 그 자리에서 소박한 응원을 보내겠다는 약속을, 잔잔히 건넨다. 그래서인지, '대견하다' 이후의 도전에는 두려움보단 용기가 앞서게 된다.

'대견하다'가 이리도 부담스럽지 않은 건, 해볼 만해서다. 그 안에 어느 정도의 '나다움'이 내포돼 있어서다. 그저 나다운 모습으로 조금만 더 힘을 낸다면 해낼 수 있을 것 같아서다.

꽤 괜찮았던
위로

'대견하다, 자랑스럽다'는 그간의 과정을 소상히 알고
있는 사람만이 사용할 수 있는 단어다. 그러하기에 '대견
하다, 혹은 자랑스럽다'라는 말에는 남다른 울림이 있다.
내게도 그런 울림의 기억이 있다.

아나운서에 도전하는 과정은 생각보다 험난했다. 아나
운서 전형은 1차부터 4차로 이루어지는데, 그 가운데 1차
관문이 가장 고난도다. 지원자 수천 명 중에, 고작 30명
남짓한 인원을 2차로 올려 보내는 1차 관문의 문턱은 높
고도 높았다(반대로 해석해보자면, 이 1차의 문턱만 넘고 나면
해볼 만한 게임이 된다는 얘기다). 1차 탈락의 고배는 나에게
도 예외 없이 찾아왔다. 불합격 소식을 확인했던 그날의
허탈함, 창밖을 멍하니 보는 것 이외에는 아무것도 할 수

없었던 그날의 상실감은 아직도 생생하다.

그러던 내게도 기회가 왔다. 내가 KBS 1차 전형에 통과한 것이다. '드디어 서울 지상파 3사의 아나운서가 되는 것인가?' 마음이 하늘 위로 붕붕 떠다니기 시작했다. 2차 전형을 준비하면서도, 이미 마음은 최종 단계까지 뛰어 올라가 있었다. 흔히 말하는 김칫국 드링킹의 진수였다.

그렇게 2차 전형을 치르고 드디어 합격자 발표날이 왔다. 두근두근. 결과는? 불합격. 그간 들이켰던 김칫국물만큼의 무거운 상실감이 몰려왔다. 난 또 다시 멍하니 창밖을 응시한다. 몹시 창피했다. 하늘 위로 높이 솟았던 희망이 순식간에 땅으로 추락하고 말았다.

늘 그래왔듯, 조심스러운 위로의 메시지들이 내 휴대폰으로 속속들이 도착하기 시작했다. 의례적인 '탈락→위로 메시지'의 수순을 거치며 서서히 현실감을 되찾고 있는데, 갑자기 공허한 마음속으로 쑥 들어온 메시지가 있었으니, '내 친구, 대견해! 충분히 자랑스러웠어!' 뭐지? 추레한 나에게 엄지를 치켜세우고 있다. 정말 의외의 엄지척이었다. 정신없이 추락 중이던 나의 자존감도 그 문자 한 통 덕에 슬슬 기운을 차리기 시작했다.

그날 이후, 나의 위로 방식도 좀 바뀌었다. 강아지를 잃어 슬퍼하는 선배 언니에게 "그래도 언니가 주인이어서 정말 자랑스러웠을 거예요."라고 위로해본다. 진척 없는 업무에 낙심한 동료를 위해 "결과를 떠나서, 난 네가 넘 자랑스러워."라는 말로 보듬어보는가 하면, 첫 방송 후 낙담한 후배를 보며 "그래도 내가 보기엔 최고였어. 방송 보는 내내 진짜 대견했다니까."라는 말로 토닥여본다.

　'그럼에도 불구하고 난 네가 자랑스럽다'라는 말보다, 더 포근한 위안이 있을까? 나의 소소한 찬사가 너에게 깊숙한 위로로 남길 바라본다.

26

네가 나에게

근사한 이유

누군가에게 대견한 존재이고 싶은 나의 욕심만큼,
너의 대견한 모습을 제대로 알아봐주겠노라
다짐해본다.

과대 포장은
부담스럽다

난 어떤 면에선 굉장히 냉소적인 인간이다. 누구라도 나를 평할 땐, 거추장스러운 포장지를 죄다 벗겨내고, 있는 그대로의 모습으로 바라봐주길 원한다. 작은 것을 두고도, 그것이 대단한 것인 양 추어올리는 식의 칭찬들이 난 무척이나 무겁게 느껴진다. 그래서 누군가 조금이라도 과장되게 나를 포장하려 할 때면, 질세라 나서서 정정을 자처하곤 한다.

주최측: 커뮤니케이션분야 석사학위까지 받으신, 대단한 강사 분을 모셨습니다!

나: 아, 정정하겠습니다, 다니다가 잠시 휴학한 상태예요.

주최측: 유명 아나운서들을 대거 양성하신 대단한
      분입니다!
나: 그 친구들이 막 준비를 시작할 무렵, 담임의 인
     연으로 함께 했었습니다.

분위기상 대강 좋게 흡수하며 "네, 감사합니다." 하는
그런 거, 난 그게 잘 안 된다. 마치, 다른 사람의 박수를 주
책없이 대신 받는 듯한 느낌이랄까?

대단하기보단 대견하고 싶다. 대단한 무엇에는 대단함
에 걸맞은 절대 조건이 숨어 있지만, 대견한 마음은 그런
절대 조건에서 멀찌감치 벗어나 있기 때문이다. 전적으로
언급한 이의 주관에 달려 있기에, 대견한 마음은 무조건
진짜다.

몇 년 전 강의 차 안동에 갔다가 오래 알고 지낸 선배
로부터 이렇게 소개되었던 적이 있다. "저의 가장 대견스
러운 후배, 김지희 강사입니다." 이 얼마나 감동적인 소개
인가. 누군가에게 대견한 존재이고 싶은 나의 욕심만큼,
나 역시 너의 대견한 모습을 제대로 알아봐주겠노라 다짐
해본다.

네가 내게
근사한 이유

스스로를 대단히 여기는 사람의 어깨에선 뻣뻣한 힘이 느껴진다. 꼿꼿이 세워진 허리는 날선 아우라를 뿜어내고, 잔뜩 타인을 의식한 눈빛에선 긴장감이 묻어난다. 그에 비해, 스스로를 대견히 여기는 사람의 어깨는 자유분방하다. 적당히 기울어진 각도는 언제든 툭 걸치기에 좋으며, 과하지 않은 휘청거림은 꽤 리드미컬하다. 그의 모든 움직임들은 좀처럼 다른 이의 시선을 의식하지 않는 듯하다.

스스로를 대단히 여기는 사람의 마음은 생각보다 연약해서 작은 고꾸라짐에도 자존심에 큰 상처를 입곤 한다. 평판에 흠집 나는 것을 극도로 싫어하는 까닭이다. 반면 스스로를 대견히 여기는 사람의 마음은 보기보다 강하다.

'이왕에 넘어진 거…'라 중얼거리며, 넘어진 자세 그대로 철퍼덕 드러누워본다. 제법 인간미 있었다며 머쓱하게 웃어넘긴다.

그런 이유로, 스스로를 대단히 여기는 사람은 한 번 보면 꼴 보기 싫지만, 자꾸 보면 그 내면의 불안함 때문에 어쩐지 안쓰러운 마음이 든다. 이에 반해 스스로를 대견히 여기는 사람은, 한 번 보면 눈에 띄지 않지만 볼수록 눈길이 간다. 확고한 자기 믿음, 그 멋스러운 모습에 자꾸만 감탄하게 된다.

이것이 네가 나에게 근사한 이유다.

찬사를 보내는 입장에서 생각해보면, '대단하다'는 '자랑스럽다'라는 말보다 간단하고 쉽다.

'대단하다'를 말할 땐, 그저 눈에 보이는 팩트를 뒤적이다 그 가운데 가장 화려한 하나를 획 찾아 들면 된다. 반면 '자랑스럽다'를 이야기하기 위해선 훨씬 더 섬세한 시선이 필요하다. 애장품을 대하는 어느 예술가의 마음으로, 팩트 이면에 있을 오랜 정성과 고뇌, 애정까지도 찬찬히 보듬어봐야 한다. '대단하다'가 각자의 사진기 속에 '꽃의 자태'를 담아내며 요란 법석을 떠는 동안, '자랑스럽다'는 나지막한 자세로 꽃잎과 시선을 맞춘 뒤 그것의 앞뒷면을 한 장 한 장 보듬는다. 그러다 꼿꼿한 줄기의 촉감까지도 섬세히 매만져본다.

'자랑스럽다'가 '대단하다'보다 상대의 심금을 울리는 이유는 시간을 들여 정성스레 들여다보아준 '성의' 덕분인가 보다.

27

당신

"덕분에"

'나는 절대 '척'하는 사람이 되고 싶지 않다'
vs '하지만 내 가치만큼은 제대로 인정받고 싶다.'
이 상반된 두 가지 마음을 동시에 발산하고 싶을 땐,
'덕분에'를 활용해보기를.

자기 자랑의
기본자세

|

'덕분에'는 독식보다는 공유를 선호한다. 모두를 주인 공으로 만들어버리는 그 뛰어난 재능은, 자기 자랑의 순 간에도 여지없이 발휘되곤 한다.

스승의 날을 맞아 친구들과 교수님을 찾아갔다. 그간 각자의 일터에서 있었던 일들로 이야기꽃을 피우던 중 한 친구가 말했다. 얼마 전 진행했던 프레젠테이션이 너무나 독보적이어서 칭찬과 시기를 동시에 견뎌내고 있는 중이 라고 했다. 승무원으로 일하고 있는 또 다른 친구는, 독보 적인 기내방송 실력 덕분에 초특급 승진을 이뤄냈다고 한 다. 함께 고군분투해왔던 나의 친구들. 그들이 제법 인정 받고 있는 것 같아 자랑스러웠다. 그런데 한편으론 내심 궁금해진다. 어쩜 저렇게 셀프 어필에 능할 수 있을까? 사실 그보다 더 미스터리한 건, 그들의 자랑이 전혀 불편하게 들리지 않았다는 거다. 오히려 그 당당한 모습이 멋스러워 보였다. 왜일까. 단순히 친구라서?

한 친구가 내게 묻는다. "넌 어떻게 지내?" 나도 할 말은 있었다. 마침 직장에서 상을 받았고, 얼마 전 진행했던 행사도 좋은 반응을 얻었다. 새로 도전하고 있던 강의 영역도 조금씩 안정감을 찾아가고 있었다. 허나 이런 것들을 일일이 말하기엔 어쩐지 좀 머쓱하다. "나? 뭐 그냥 그럭저럭. 말하기 강의하고 있어." "와 멋지다." "아니야, 별거 아니라니깐, 진짜 별거 아니야." 본능적으로 튀어나오는 이 몹쓸 놈의 겸손(이라고 해두자). 대단하다 추어올리려는 친구의 반응에 온갖 논거들을 끌어들여가며 '나의 하찮음'을 격렬히 주장한다. 그리고 그렇게 난 정말로 아무것도 아닌 사람이 돼버렸다.

언젠가 어느 책에서 이런 구절을 읽은 적이 있다. '잘나가던 사람들이 한순간에 나락으로 떨어지는 이유는, 과도한 자신감 때문이 아니라 타인에 대한 존중이 부족하기 때문이다.' 무릎을 탁 쳤다. 그거였다. 내 친구들의 자랑이 달갑게 들렸던 이유는 이들의 언어에 배어 있던 '존중' 덕분이었다. 대화 사이사이 곁들여졌던 '덕분에'는, '그들의 모든 활약상은 교수님의 가르침 덕분이었고, 우리가 서로에게 좋은 자극제가 되어준 덕분이었다'라는 상호존중의 마음을 등에 업은 채, 자신들의 공을 서로에게 돌리고 있었다.

'나는 절대 '척'하는 사람이 되고 싶지 않다' vs '하지만 내 가치만큼은 제대로 인정받고 싶다.' 이 상반된 두 가지 마음을 동시에 발산하고 싶을 땐, '덕분에'를 활용해보기를. 존중이 깃든 자뼉은 언제 어디서나 환영받는다.

모든 게 당연히 여겨지는
권태로운 날엔

일어나는 모든 사건들에 '덕분에'를 덧붙이다 보면, 연결되지 않는 사람이 없다.

오늘 내 모습이 유난히 화사한 이유는 그가 예쁘게 바라봐준 '덕분에', 그의 눈에 내가 예쁘게 보였던 이유는 마침 그의 컨디션이 최싱이었던 '딕분에', 오늘 그의 컨디션이 유독 좋았던 이유는 몹시 기다렸던 합격 소식 '덕분에', 그가 떡 하니 합격할 수 있었던 비결은 묵묵히 믿고 기다려준 당신 '덕분에.'

일상의 모든 것이 당연하게 여겨지는 권태로운 날엔, '덕분에'를 뒤적여본다. 때마침 그들이 그러한 모습으로 등장하지 않았다면 결단코 아무 일도 일어나지 않았을 거라는 사실을, 다시금 겸허히 곱씹어본다. '덕분에'가 일상이 된다면, 너를 비롯한 그 어떤 인연도 허투루 대할 수 없지 않을까? 내가 오늘 무사히 이 글을 완성하게 된 것도, 결국엔 네 덕분일지도 모르겠다.

불만-만불,
방향 전환이 필요해

'덕분에'의 주특기는? 방향 전환. 칭찬이 '덕분에'를 통과하면 초강력 파워를 장착하듯, 억센 불만들도 '덕분에'라는 방향전환 필터를 거치고 나면, 숨겨두었던 영롱함을 드러낸다.

한 여자가 있다. 그녀는 지금, 그의 예민함 때문에 몹시 피곤하다. '아마도 전생에 A형 여자였을 거야.'
한 남자가 있다. 그는 그녀의 둔한 행동이 늘 답답하다. '에휴 전생에 곰이었나?'

여기서 슬쩍, 방향을 뒤집어보면?
그 예민함 덕분에, 그는 섬세할 수 있었다.

그 둔함 덕분에, 그녀는 그리도 너그러울 수 있었다.

'때문에' 혹은 '덕분에.' 과연 어느 쪽 노선이 더 진실에
가까울까? 선택은 자유!

28

"덕분에"

잘
이겨내고
있습니다

빈번히 교차되는 경솔과 비관 사이에서
'덕분에'라는 히든카드를 애용해보는 건 어떨는지.
너와 나의 삶 속에서 '덕분에'가 열일하길 바란다.

마음 균형을 위한
제안

너무 무겁지도 가볍지도 않은, 가장 적절한 접점에서 균형을 이루며 사는 삶. 생각만 해도 이상적인 모습이다. 그리고 그건 '덕분에'가 애초부터 표방해오던 삶의 모습이기도 하다.

솜털 같은 가벼움으로 획 날아가버릴 듯한 날의 '덕분에'는 내 마음에 묵직한 추 하나를 달아놓는다. 어제는 유난히 강의가 잘 풀리는 날이었다. 새로 구성한 교안도 성공적이었고, 교육생과의 교감 역시 꽤 잘 되었던 것 같다. 그런 날은 청량음료를 시원하게 한 캔 들이킨 것 같은 개운함이 몰려온다. 몇 날 며칠 노트북을 붙들고 씨름해왔던 스스로가 기특해지는 느낌, 이 맛에 강의를 하지 싶다. 사실 강의라는 게 상호적인 작업이라 그런 날이면 교육생

분들의 칭찬도 몇 배로 돌아온다. "아유, 어쩜 그렇게 잘해." "수업 정말 재밌었어요." 등의 애정 가득한 칭찬들은 내 자존감을 한껏 들어올려 주었고, 칭찬의 말들을 온몸에 휘감은 채 기세등등히 퇴근길에 오를 수 있었다. 그렇게 해가 지고 다시 날이 밝았다. 나갈 채비를 서두르는데, 오늘은 왠지 모르게 컨디션이 영 꽝이다. 피부도 푸석푸석하고, 이상하게 혀도 꼬이는 것 같다. 어제 내팽개쳐둔 자료들을 허둥지둥 주워담고 있는 날 보고 있노라니 참으로 한심할 노릇이다.

생각해보면 매번 그랬다. 너무 완벽했던 하루의 다음 날은 대부분 칙칙했다. 그래 이번에도 어김이 없구나. '다 좋게 봐주신 덕분이지'라는 겸허한 마음으로, 들뜬 기분의 채도를 살짝 낮춰주었어야 했다.

젖은 낙엽처럼 축 처지는 날의 '덕분에'는 마음의 물기를 탈탈 털어내 주기도 한다. 유독 안 풀리는 날이 있다. 교통비 아끼겠다고 서둘러 버스를 탔는데 두 정거장이나 지나쳐 내리는 바람에 낯선 길을 헤맸던 적이 있었다. 엇, 그런데 엎친 데 덮친 격으로 USB를 숙소에 두고 온 거다. 난 다시 숙소로 되돌아갔고, 결국 그날의 택시비는 매우 화려하

셨다. 연신 한숨을 내쉬었던 그날, 나는 연달아 터지는 실수들을 세어가며 하루 종일 자학을 멈추지 않았다.

돌이켜보면, 그때 내게 필요했던 건 '현명한 변심'이었던 것 같다. '그나마 서두른 덕분에 지각은 면했네' '덕분에 동네 구경 제대로 했네' 식의 '덕분에'가 시급했었다. 만약에 그리했다면, 그 구저분한 마음을 조금은 털어낼 수 있었을 것이다.

적당한 무게감으로 살아간다는 건 참 쉽지 않은 일이다. 기쁜 일엔 솜털처럼 가벼워지다가도, 심각한 일엔 어느새 젖은 낙엽처럼 축 늘어지곤 한다. 빈번히 교차되는 경솔과 비관 사이에서 '덕분에'라는 히든카드를 애용해보는 건 어떨는지. 너와 나의 삶 속에서 '덕분에'가 열일하길 바란다.

우아한
칭찬 마중법

갑작스레 건네진 칭찬 앞에서 '아니에요'가 머쓱한 손 사래라면, '고맙습니다'는 능숙한 악수다. 그리고 '덕분에' 는 정성스레 마주 잡은 두 손이다. 마주한 두 손의 온기 로, 뜨거운 감사의 마음을 너에게 전한다.

'아니에요'는 칭찬의 마음을 슬쩍 비켜서지만, '고맙습 니다'는 그 마음을 당당히 받아들인다. 그리고 '덕분에'는 받아들인 마음을 고스란히 되돌려 건네어, 결국 칭찬해준 너를 높인다.

그 내면을 좀더 들추어 보면, '아니에요'는 은밀하고 조 용한 자세로 나의 위대한 업적을 격려하는 반면, '고맙습 니다'는 당당히 칭찬의 현장에서 기쁨을 표출한다. 그리 고 '덕분에'는 나의 위대함을 상대의 그것과 사뿐히 포개 어, 갑절의 기쁨을 누린다. 바로 이런 점 때문에 '덕분에' 는 '아니에요' 혹은 '고맙습니다'보다 훨씬 친화적이다.

29

미안해

그리고
"고마워"

미안함이 물밀듯이 밀려와 마음이 아릴 때면,
고마움 쪽으로 물길을 돌려보기로 한다.
'고마워'가 '미안해'를 멋지게 대신해내리라 믿는다.

멋스러운
사과의 기술

둘 중 어느 한 명이 토라져 있는 상황에서, '고마워'는 '미안해'보다 유연한 무장해제의 기술을 선보인다. 딱딱하게 굳은 상대의 마음 앞에서 빼꼼 눈치 살피는 마음이 '미안해'라면, '고마워'는 성큼 한 발 더 다가가 너의 마음속으로 풍덩 뛰어든다. 그리곤 너의 너그러울 마음결에 미리 감탄을 표한다. '미안해'는 한껏 움츠러든 모양의 간절함이지만, '고마워'는 간절하되 여전히 멋스럽다. 너의 굳은 마음을 녹여내기 위해 총력을 기울이면서도, 결코 비굴하지 않다.

사과를 받아들이는 너의 입장에서도, '고마워'는 '미안해'보다 월등 수월하다. 대개의 '미안해'는 너로 하여금 '용서'와 '분위기 환기'라는 두 가지 몫을 부여하지만, '고마워'는 그런 별도의 과정을 요구하지 않는다. 간단한 미소만으로도 어그러진 관계를 정돈할 수 있는 수월함을 선사한다.

담담해져라,
얍!

미안함과 고마움을 견주어 되뇌다 보니, 역시 '고마움'이 한결 편한 감정이라는 생각이 든다. 받아들이는 입장에서도 그렇겠지만, 일단 전하는 입장부터가 그렇다. 미안함에는, 자꾸 주책없이 여린 마음이 작동하는 탓이다.

난 마음이 여린 편이다. 드라마를 보다가도 유독 가족에 대한 내용에선 눈물을 글썽거리곤 한다. 내가 극진한 효녀라서 그런 것은 아니다. 원래 불효한 자식이 후회가 많아 더 펑펑 운다고 하지 않던가. 내 글썽임 역시 그런 맥락인 것 같다. 이렇게 쓸데없이 감성이 충만해질 때마다 내가 나에게 쓰는 술수가 하나 있다. '고맙다'라는 표현이다. 미안한 것을 '고맙다'로 대체하고 나면, 어째 아린 마음이 좀 단단해지는 것 같다.

엄마 아빠, 방송한답시고 등골 빼먹어서 '미안합니다.'
→ 늘 든든한 지원군이 되어주셔서 '고맙습니다.'

가족과의 시간 약속을 소홀히 여겨서 '미안합니다.'
→ 그래도 늘 기다려주셔서 '고맙습니다.'

항상 제 감정부터 먼저 생각해서 '미안합니다.'
→ 덩달아 제 마음부터 헤아려주셔서 '고맙습니다.'

미안함이 물밀듯이 밀려와 마음이 아릴 때면, 고마움 쪽으로 물길을 돌려보기로 한다. '고마워'가 '미안해'를 멋지게 대신해내리라 믿는다.

미안해 고마워
vs 고마워 미안해

미안함을 대신하는 '고마워'는 단독으로 사용되기도 하지만, 종종 두 단어가 동반 활동하기도 한다. 둘의 동반 활동 방식은 두 가지로 나뉜다. '미안해 고마워' 혹은 '고마워 미안해.'

'미안해'를 앞에 두자니, 어쩐 초두효과가 떠올라 망설여진다. 그렇다고 '고마워'를 앞에 두자니, 뭐든 중요한 얘기는 마지막에 쿵 찍어줘야 한다는 클라이맥스 효과가 떠올라 그것 역시 망설여진다. '이러나저러나 도긴개긴인데, 되는대로 하자' 싶다가도, 고맙고도 미안한, 그래서 너무도 소중한 너라서 자꾸 표현에 공을 들이게 된다. 좋은 말의 조건에 대해 생각해봤다. 자고로 좋은 말이란 '말하는 이의 마음을 고스란히 담고 있되, 듣는 이에게 쉽고 부담

없이 받아들여지는 말'이라 했다. 받아들이기 좋은 말? 비로소 고민 해결의 실마리가 보인다.

"미안해 그리고 고마워."

"응. 도움이 돼서 다행이야." (feat. 따뜻한 미소)

"고마워 그리고 미안해."

"아니야, 이제 그만 미안해해도 돼." (feat. 어색한 미소, 격렬한 손사래)

'고마워'로 끝나는 말은 '따뜻한 미소' 하나로 받아낼 수 있지만, '미안해'로 끝나는 말은 '어색한 미소'뿐 아니라, '격렬한 손사래'까지 동원되어야 할 듯 싶다. 그러므로 나의 선택은 '미안해, 그리고 고마워'인 걸로.

30

뜻밖의
"고마워"에

마음이
녹는다

어느 날 너도 나에게 서둘러 고마움을 꺼내든다면,
난 그때도 지금처럼 순순히 무장해제 되어줄 것이다.

소소한 호의에
감사를

고마움의 규모를 굳이 둘로 구분해본다면, '거대한 고마움'과 '소소한 고마움'으로 나눌 수 있다.

거대한 고마움이란, 누구라도 감동할 만한 공적에 대한 고마움을 의미한다. 바쁜 시간을 할애해 결혼식에 참석해주었다든지, 꼭 필요했던 돈을 기꺼이 빌려주었다든지, 열정적인 강의로 성적을 올려주었다든지 등의 고마움이 여기에 해당된다. 이런 경우엔 누구나, 그 고마운 마음을 평생 잊지 않겠다고 맹세코 다짐한다.

소소한 고마움이란, 언뜻 보아선 자칫 놓치기 쉬운 경우의 고마움을 의미한다. 멀리 뛰어오는 나를 위해 버스를 멈춰 세워주었다든지, 무지 목마르던 찰나에 물병을 건네주었다든지, 아침마다 살뜰히 비타민을 챙겨준다든지 등의 고마움이 여기에 해당된다. 대부분 당연한 일상으로 치부해버리기 쉬운 장면들이다.

사실 고마움을 받아들이는 입장에선, 고마움의 규모와 감동은 반비례한다. 거대한 고마움의 경우, 그것은 당연히 해야 할 도리라 여겨지는 까닭이다. 반면, 작고 소소한 종류의 고마움들은 결코 당연히 여겨지지 않는다. 그렇기 때문에, 그 특별한 가치를 크게 인정받는다.

나도 모르는 사이 내가 누리고 있을 너의 호의에 대해 생각해본다.

제법 영리했던
사과

보통의 '고마워'는 대개 후발 주자로서 활동하지만, 이따금 선발로 출전해 활약하는 '고마워'도 있다. 누군가의 선심 이후, 후발로 뛰어나오는 '고마워'는 정중하고 예의 바르다. 그에 비해 누군가가 선심을 베풀기 이전에, 선발로 튀어나오는 고마워는 제법 영리하다. 그리고 대부분의 사람들은, 그 영리한 '고마워'에 유난히 맥을 못 추는 경향이 있다. 나도 그렇다.

출근길. 특별히 서둘러야 하는 날엔 '통행금지 공사 중'이라는 팻말과 유독 자주 마주친다. '어휴, 이걸 왜 굳이 지금 하는 거야.' 송곳 같은 마음이 여지없이 삐죽 올라온다. 몇 걸음 더 걸어가니, 이보다 좀 더 부드러운 팻말도 보인다. '불편을 끼쳐 죄송합니다.' 하지만 이토록 정중한 인사에도 나는 여전히 뻣뻣해져 있다. 죄송하면 다야?

내 이해 여부가 공사 진행에 그리 영향을 미치지 않는다는 걸 안다. 그러므로, 좋게 마음을 쓰는 편이 스스로에게 이롭다는 것도 잘 알고 있다. 하지만 하루 중 가장 예민한 출근 시간이었기에 나조차도 어찌할 도리가 없다.

그런데 또 다른 팻말 앞에선 태도가 사뭇 달라진다. '이해해주셔서 감사합니다. 조속히 공사를 끝내겠습니다.' 영특한 문장 같으니. 그렇게 얼렁뚱땅 아량 넓은 시민이 된 나는 큰 거부감 없이 유유히 분위기에 순응한다. 그러다 겸연쩍게 슬쩍, '무슨 사정이 있겠지'라며 숨겨뒀던 아량을 꺼내 든다.

강의 차 익산에 갔다가 기차역 화장실에 들렀다. '깨끗하게 사용한 당신 덕분에 참 행복합니다. 고맙습니다.' 이건 또 뭔가? 결국 난, 대한민국 문화 시민의 사명감으로 그 어느 때보다 엄숙하고 정성스럽게 화장실을 이용한다. 이렇듯, 한 발 앞선 '고마워'는 매번 내 머리 꼭대기에 앉아 뾰족한 마음을 쥐락펴락한다.

어느날 너도 나에게 서둘러 고마움을 꺼내든다면, 난 그때도 지금처럼 순순히 무장해제 되어줄 것이다.

불과 몇 개월 전까지만 해도 난 배불뚝이 임산부였다.
어느덧 출산의 고비를 넘어 이제 막 육아의 세계에 입문
했는데, 이 처절한 육아의 현장에서 부쩍 자주 등장하는
단어가 있으니, '고마워'다.

그저 바라봐 주었을 뿐인데, 그냥 미소 지었을 뿐인데,
곤히 잠들어 있을 뿐인데, 난 그 모습을 보며 연신 고맙
다, 고맙다 하고 있다. 눈에 초점조차 없는 이 갓난아이에
게 연방 고마움을 고백하는 나. 난 무엇이 그리도 고마웠
던 걸까?

다름 아닌, 위안이었던 것 같다. 아기 고유의 온기와 체
취에 푸석한 내 몸을 비비대고 있노라면, 차원이 다른 풍
요를 만난다. 여태껏 경험해보지 못한, 전혀 다른 질감의
넉넉함이다.

나의 온도와 체취도 너에게 그런 것이기를. 언젠가 네
가 날 찾게 됐을 때, 네가 기억하는 바로 그 온기로 널 위

안해 줄 수 있기를 소망한다.

　난 오늘도 아이의 조그마한 손발을 조몰락거리며, 사람
의 온기에 대해, 그것이 주는 위안에 대해 생각해본다.

31

"우리"라서

든든하다

나 역시도 (엉뚱한 타인이 아닌) 바로 그 사람에게
믿음직한 안전막이 되어주는 것.
그것이 현명하게 인생을 꾸려가는 방법이 아닐까 싶다.
너에게 가장 안전한 장소가, 바로 나이길.

너의
믿는 구석

변화를 앞둔 사람에게 가장 마음 놓이는 단어는 아마도 '우리'일 것이다. 함께 용기를 도모할 동반자가 있다는 것, 그 이상 든든한 게 있을까.

배우 조진웅의 인터뷰를 본 적이 있다. 그에게 물었다. '변화에 유연한 배우로 평가를 받고 있는데, 비결이 뭐라고 생각하시는지.' 대답이 일품이었다. 자신이 마음 놓고 변화할 수 있는 건 늘 같은 자리에서 기다려준 사람들 덕분이란다. 변화라는 건 안정감을 주는 존재가 있을 때 비로소 가능해진다는 얘기에 고개가 끄덕여졌다. 그가 말하는 '우리'란, 도전의 언덕을 같이 뛰어넘은 사람이 아니라, 잦은 변화에도 불구하고 묵묵히 기다려준 사람들이었다.

내게도 그런 안정감을 주는 존재들이 있었다. 같은 반 남자 아이들을 꼬집어대며 어설픈 사회생활을 시작했던 시절, 내가 틈만 나면 내뱉는 말이 있었으니 "4학년 2반에 우리 언니 있거든?"이었다. 4학년 언니가 있다는 건 2학년 김지희에게 엄청난 '믿는 구석'이었다. 중간고사가 코앞으로 다가왔던 어느 날, 몸을 배배 꼬며 불안해하고 있을 때 "오늘 우리, 같이 공부할까?"라던 친구의 권유 역시 그렇게 든든할 수가 없었다. 고대했던 첫 방송을 망치고 하늘이 샛노래지던 그날, 연신 약쟁이 할배 얘기를 늘어놓던 우리 할머니의 사투리 음성은 묘한 안정감을 주었다. 내 모든 전투의 순간들, 그 언저리에는 그것을 풀어헤쳐놓을 수 있는 안전막이 있었다.

동화 '어린 왕자' 속 어린 왕자에겐 장미라는 존재가 그랬던 것 같다. 여행 중 만났던 인연들과 담담히 헤어질 수 있었던 것도 그에겐 되돌아갈 안식처가 있었기 때문 아닐까. 장미의 꽃잎 한 장 한 장에는 그의 소중한 시간들이 고스란히 담겨 있기에, 장미가 있는 그 별은 어린 왕자의 마음 속 안식처였을 것이다. 괴짜 피아니스트 글렌 굴드 역시 마찬가지. 그 삐거덕거리던 나무 의자는 낯선 무대 위에서 그가 유일하게 의지할 수 있는 안식처였을 것이다.

인생이라는 긴 여정에서 외로움, 두려움 등의 어두컴컴한 감정들을 몇 차례 마주하다 보면, '우리'라 칭할 수 있는 나의 안전막이 어디쯤인지가 선명해진다. 그 안전막을 진작에 알아보는 것, 나 역시도 (엉뚱한 타인이 아닌) 바로 그 사람에게 믿음직한 안전막이 되어주는 것. 그것이 현명하게 인생을 꾸려가는 방법이 아닐까 싶다. 너에게 가장 안전한 장소가 바로 나이기를.

우리라는
면죄부의 비밀

'우리'라는 표현을 세세히 들추어보면, 무수한 흔적들이 묻어나온다.

무모한 빠순이가 되어 후회 없이 열광했던 흔적, 밤새 뜬구름을 늘어놓으며 히죽댔던 흔적, 서로의 낯뜨거운 무식함을 확인했던 흔적, 촌스러움을 온몸에 휘두른 채 홍대거리를 누볐던 흔적, 그 밖에 인생 극강의 허름함을 서로에게 들켜왔던 무수한 흔적들.

그런 허름한 기억들 덕분일까. '우리'라는 테두리 안에 들어오기만 하면 넌 어느새, 좀 더 철없고 엉뚱한, 약간은 허술한 모습으로 흐트러지곤 하더라. 그래 괜찮다. 포장해봤자 어차피 우린 허름한 놈들이니까.

32

어쩐지

안심이
되더라

'난 지금 너에게 충고라는 걸 하고 있지만,
실은 나도 별다를 거 없어. 너만 그런 게 아니라,
나 역시도 그랬을 거야'

선보단
원이 낫겠다

|

셋 이상의 사이에서 '우리'가 되는 방법은 두 가지다. 이질적인 것에 '선'을 긋거나, 모두를 포용할 만큼의 '더 커다란 원'을 그리거나.

둘 중 좀 더 빠른 방법은 전자다. 여럿 사이에 존재하는 '확연한 차이'를 적발해 재빨리 선을 긋는 순간, 즉시 '우리'가 탄생한다. '악질 상사가 있는 회사에선, 빛의 속도로 동지애가 형성된다'는 진리가 이를 뒷받침해준다. 이렇듯 '선 긋기'는 선 안에 들어온 사람들을 빠른 속도로 밀착시키는 재주가 있다. 다만 명심해두어야 할 것은, 이 '선긋기'가 누적될수록, 내 활동 반경도 좁아질 수밖에 없다는 사실이다. 결국에 홀로 남겨질 가능성 역시 배제할 수 없다.

반면 후자의 방법은, 다소 번거롭고 속도가 느리다. 원을 그려내기 위해선, 팔꿈치를 한껏 더 크게 휘저어야 한다. 어쩌면 자리에서 일어나 몸을 움직거려야 할지도 모른다. 하지만 이 번거롭고도 느린 방법은, 무한한 확장성을 지닌다. 원 밖에 커다란 원, 그리고 더 커다란 원. 언제누구를 만나더라도 기꺼이 그가 머무를 공간을 마련해낼 수 있다.

너의 온전한 휴식을 위해선 조금 더디고 수고로운 후자의 방법으로 자리를 마련해두는 편이 나을 듯싶다.

소심함을 무릅쓰고
과감히 충고한다

소심한 사람들, 그래서 타인에게 충고 한마디 못하는 사람들에게, '우리'는 완벽한 보조 장치가 되어준다. '우리'라는 단어는, '관계의 역치'를 제대로 활용할 줄 아는 재능을 타고났기 때문이다.

사람 사이의 관계에도 역치가 있다. 공들여온 시간과 다양한 일화들을 거쳐 '우리'라는 역치에 도달하게 되면, 그 이후부터는 웬만하면 무조건 사랑스럽다. 나의 조카들은 무조건 예쁘며, 내 친구의 실수는 충분히 합리적이었다고 여겨진다. 그리고 우리 엄마의 반찬은 무조건 맛있다. '우리'의 역치란, 이렇게 밑도 끝도 없이 무조건적이다. 심지어 '우리'라는 딱지가 붙으면 그 날카로운 충고의 칼날도 뭉툭해진다.

내가 충고를 주저하는 이유는, 충고 이면에 담긴 일종의 잘난 척이 자꾸만 신경 쓰이기 때문이다. '나는 너와 다르게, 허름하지 않다'라는 암묵적 전제가, 누군가에게 상처로 남겨지게 될까 봐 망설이게 된다. 그렇다고 해서 내가, "니 인생 니꺼지 뭐." 하며 넉놓고 방관하는 '나 몰라 스타일'을 추구하는 건 아니다(이런 내가 나도 어렵다). 그래서 오랜 고민 끝에 묘안 하나를 마련해두었는데, 일명 '너 대신 우리' 수법이다. '너'라는 주어 대신 '우리'를 사용하는 거다. 그 용례는 이렇다.

'넌' 지금 뭐가 문제냐면, '넌' 지금 너무 자만하고 있어, '넌' 지금 너무 나태해, '넌' 좀 비겁했어.

('너'라는 주어를 '우리'로 대신해본다.)

'우리'가 지금 뭐가 문제냐면, '우린' 지금 너무 자만하고 있어, '우린' 지금 너무 나태해, '우린' 좀 비겁했어.

'난 지금 너에게 충고라는 걸 하고 있지만, 실은 나도 별다를 거 없어. 너만 그런 게 아니라, 나 역시도 그랬을 거야'라는 속마음이 '우리'라는 두 글자로 잘 표현되는 것 같기에, 어쩐지 안심이 된다. 우리의 파워에 경의를 표한다.

서로의 태도만으로도 충분히 가늠되는, 그러므로 굳이
힘주어 규정 짓지 않아도 되는 관계, 우리. 이외의 다른 누
군가와 구분되어진다는 점에서 언뜻 '편 가르기'와 비슷해
보이지만, 이 둘은 문맥상으로 완전히 다른 색깔을 띤다.

'편 가르기'가 차이를 부각하는 데 몰두하는 동안, '우
리'는 테두리 안에서의 유대에 무게를 둔다. 하나의 테두
리 안에서 가장 자유로운 안식을 누리게 해주는 것이 '우
리'의 목적이다. '혹여나 이탈되진 않을까' 하는 위태로움
대신, 어떤 허물도 품 안에 토닥여줄 것 같은 안정감을 머
금고 있다.

'편 가르기'가 다른 편에 대한 '맹목적 비난'으로 휩쓸
려가는 동안, '우리'는 서로를 향한 '맹목적인 응원'에 전
념한다. 보기도 전에 감탄을 하며, 이뤄내기 전에 박수를
친다. 보고 말고 할 것 없이 이미 난 네 편이라는 마음가
짐으로, 너를 맞이한다.

3부

우리의 유대가
돈독해지기를

아직은 찰랑거리는 우리 사이. 시간이 어서 흘러
우리 관계의 농도가 한층 더 짙어지길 고대한다.
홀로 즐길 수 있는 것들이 많아질수록
농익은 관계에 대한 갈망은 어쩌 더 커지는 것 같다.
네가 있는 배경 안에서 따로, 또 같이 오래도록 노닐고 싶다.

33

마음이
이어지는

"그리고"

'내향적인 연인들이여, 용기를 갖자.
적막한 가운데, 우리는 충분히 연결되어 있지 않던가.'
세상엔, 완전히 텅 비어 있는 침묵은 존재하지 않는 것 같다.

서로의 감흥을
공유하고픈 날엔

'그리고'라는 단어를 도화지에 옮겨놓으면 나란히 앉은 두 사람이 된다. 세상엔 여러 가지 구도가 존재하지만, 그 가운데 내가 가장 좋아하는 구도는, 나란히 앉은 상태로 같은 풍경을 바라보는 두 사람의 모습이다. 느긋이 서로의 감흥을 연결 짓는, 그 자연스러운 시간이 좋다.

A: 오늘따라 나무가 무척 싱그럽네.

B: 그리고 저기 저 호수도 아름답다.

A: 그러게 말야, 그리고 호수 안에 저기 물고기 보여?

B: 응, 그리고 저 물고기들, 뭘 찾고 있는 것 같아.

A: 그리고 저기 오른쪽 멀리 보이는 저 물고기 보이지?
   어미 물고기인 것 같아.

같은 풍경을 응시하며, 서로의 감흥을 덧붙여가는 이들의 대화는 그렇게 끊임이 없다.

반면, 마주 앉은 구도에선 대화의 결이 사뭇 달라진다.

> A: 오늘따라 나무가 무척 싱그럽네.
> B: 아니, 그럴 리가. 저기 봐봐. 뒤에 폐차장 있어.
> A: 엇, 그러네?
> 몇 차례 고개를 돌리고 몸을 비틀어 보던 두 사람은, 이내 대화의 불씨를 후후 꺼뜨려버린다.

기술과 예술의 차이는 그것이 누군가에게 영감을 주느냐, 그렇지 않느냐에서 비롯된다고 한다. 니와 나, 우리 사이는 기술 혹은 예, 어느 쪽에 더 근접해 있을까? 서로가 서로의 시선 위에 겹겹이 영감을 더해줄 수 있는, 그런 예술적인 관계를 꿈꿔본다.

이른 아침, 출근길 건널목에 서서 먼발치를 바라본다. 나란히 벤치에 앉아 커피 한 잔을 나누고 있는 바로 저 모습이 나는 참 예뻐 보인다.

조용하지만
소란스럽다

'너'와 '나'라는 동떨어진 개체가 만나 대화를 나누다
보면, 어느덧 두 사람은 '너, 그리고 나'로 연결된다. 그렇
게 '그리고'로 연결된 둘은, 숙성의 시간을 거쳐 마침내
'우리'로 진화한다.

수많은 결혼 선배들이 말하길, 결혼할 상대를 정할 땐
대화가 잘 되는 사람인지를 봐야 한다고 한다. 그도 그럴
것이, 세월이 지나 다른 건 다 변한다 해도 '대화의 자세'
만큼은 변하지 않을 테니, 일리 있는 얘기라 생각한다. '결
혼은 긴 대화'라 하지 않던가. 그래, 그런 것 같다.

그런데 어쩌지, 우리 부부는 둘 다 말이 별로 없다. 만
약 우리 부부의 일상을 방송 프로그램으로 만든다면, 아
마 시청자들은 숭늉 같은 싱거움에 어찌할 바를 모르다

이내 채널을 돌릴 것이다. 그러나 사실, 우리 두 사람 사이의 정서적 대화는 상당히 소란스럽다.

'조용하지만 소란스럽다.' 얼핏 모순적인 표현같지만, 나는 우리의 이런 모습에 자못 마음이 놓인다.

간만의 드라이브. 차 안엔 오직 음악만이 흐르고 있지만 사실 우리는 나직한 허밍을 주고받으며 추억을 공유하고 있다. 한적한 주말 오후. 우린 각자의 자리에서 각자의 책장을 넘기고 있지만, 이따금 마주하는 시선으로 둘만의 낭만을 즐기는 중이다. 어느 야심한 밤. 별다른 말 없이 덩그러니 누워 있는 우리지만, 다정히 겹쳐진 발가락이 서로의 온기를 분주히 전하고 있다. 이런 방식으로 우리의 감정은 시시때때로 분주히 교류하고 있다.

조용한 듯 소란한 우리 부부의 취향은 좋아하는 영화 목록만 봐도 여지없이 드러난다. 〈리틀 포레스트〉, 〈안경〉, 〈카모메 식당〉, 〈심야 식당〉. 단편적 스토리에 대사 몇 마디 등장하지 않지만, 어째 감성 회로는 더 바빠지는 그런 영화들을 보고 있노라면, 마음 열매가 알알이 영글어가는 기분이다.

존 케이지가 그랬더랬다. 침묵에도 나름의 선율과 리듬

이 있다고. 그렇다. 분명히 그랬다.

'내향적인 연인들이여, 용기를 갖자. 적막한 가운데, 우리는 충분히 연결되어 있지 않던가.' 세상엔, 완전히 텅 비어 있는 침묵은 존재하지 않는 것 같다.

34

적당한

거리

나로 인해 너의 아름다움이 더 돋보이기를,
그리고 너로 인해 나 역시 더욱 괜찮은 사람이 되기를.
서로가 더불어 빛나는 그런 관계를 꿈꾼다.

좀처럼
가까워지지 않았다

'그리고'식 연결법이 언제나 마음먹은 대로 되는 것은 아니다. 각고의 노력에도 불구하고, 그 간격이 좀체 줄어들지 않는 사이도 있더라. 이런 종류의 불편함은 늘 나를 신경 쓰이게 한다. 사실은 내가 싫은 건가, 왜 내 진심을 알아주지 않는 걸까, 하며 이런저런 생각을 더듬어보지만, 여전히 답은 없었다.

사람 사이의 '연결'에 대해 생각해봤다. 모든 연결이 같은 성질을 띄는 건 아니라는 결론이다. 같은 연결이라도, 옆과 곁은 엄연히 다르다. 누구를 만나든, '옆'과 '곁'을 잘 구분해낼 줄 알아야 한다.

옆을 이야기하는 사람에게 '마음'으로 다가가려 한다면 상처를 감수해야 한다. 옆을 원하는 이에게 곁을 기대한다는 것 자체가, 애초에 무리였으니까. 곁을 이야기하는 사람에게 '기술'로 다가가려 했다면, 다시 회복되기까지 오랜 시간을 각오해야 한다. 그것은 상대의 진심에 대한 거부와 다름없었기 때문이다. 직장 동료의 매정함이 그토록 서운했던 것도, 옆을 원하는 그에게 곁을 기대한 데서 비롯된 것이었다. 그녀의 애정 공세가 그리 부담스러웠던 것도, 그녀에게 내가 기대하는 것은 곁이 아닌 옆자리였기 때문이었다.

무조건 가까운 사이를 욕심 낼 필요는 없는 것 같다. 시간은, 서로에게 가장 의미 있게 작용할 '가장 적당한 거리'를 찾아내줄 거라 믿는다. 늘 여전한 거리를 유지하고 있는 N극과 N극은, 이미 알고 있는지도 모르겠다. 억지로 다가가려는 발버둥이 오히려 둘 사이를 더 벌어지게 한다는 사실을 말이다.

늘 논쟁이 붙는 그녀와는, 단둘이 10분 이상 얘기하지 말 것(딱 10분의 간격, 그것이 서로에게 가장 적당한 거리이므로).

소심한 그에겐 솔직함을 자제할 것(서로의 마음 형태

를 뭉개트리지 않을 딱 그 정도의 거리가 둘 사이 가장 적

당한 거리이므로).

우리 서로
더불어 빛나기를

아프리카 속담에서 말하길, '멀리 가려면 함께 가라'고
했다. 그래, 그게 바로 '그리고' 정신이다. 홀로도 아름답
지만, 함께 연결되어서 더 오래 빛날 수 있는 관계가 있다
면, 이 얼마나 이상적인가?

첫눈에 반하게 되는 그릇이 있다. 화려한 색감과 탐나
는 모양새가 단번에 시선을 사로잡는다. 마치 신라시대
금관을 보듯, 그 자태만으로도 대단한 아우라를 뿜낸다.
반면, 음식을 담아놓고 나서야 비로소 예뻐 보이는 그릇
이 있다. 소복이 담긴 음식을 오목하게 감싸주며 음식 고
유의 빛깔까지 살려주는 그 모습엔 예쁘기보단 단아하다
는 표현이 더 잘 어울릴 것 같다. 음식, 그리고 그것을 정
성스레 감싸 안은 그릇. 이런 장면이야말로 '그리고'가 추

구하는 극강의 아름다움이다.

　단번에 시선을 사로잡는 사람이 있다. 어느 자리에 가더라도, 타고난 화려함으로 사람들의 이목을 집중시킨다. 그 도도한 걸음걸이와 화려한 옷차림은 언제나 등장과 동시에 짜릿한 환호를 받는다. 반면, 언뜻 밋밋해 보이지만 여럿 사이에 어울려 앉았을 때 유난히 빛나는 사람이 있다. 간간이 유쾌한 농을 던지고, 경쾌하게 반응하며, 상쾌한 미소로 바라봐주는 사람에게선 늦게 피어나는 가을꽃처럼 은근한 기품이 묻어난다. 자신만의 담백한 맵시로 허물없이 어울리는 모습은 언제나 짙고 긴 여운을 남긴다. 그래서 누군가의 아름다움에 대해논 할 땐, 홀로 놓아도 보고, 여럿 사이에 놓아 보기도 해야 하는가 보다.

　나로 인해 너의 아름다움이 더 돋보이기를, 그리고 너로 인해 나 역시 더욱 괜찮은 사람이 되기를. 서로가 더불어 빛나는 그런 관계를 꿈꾼다.

'그리고'와 '그런데.' 그 질감엔 사뭇 차이가 있는 접속사들. '그리고'가 나란히 같은 시선을 공유하는 동안, '그런데'는 마주 앉은 구도 안에서 서로의 시선을 주시하며 호시탐탐 자신의 관점을 끼얹을 태세를 갖춘다.

논쟁의 현장에서, '그리고'는 아직 남아 있는 온기를 발휘해 미약한 연결 고리라도 끄집어내려 안간힘을 쓰는 반면, '그런데'는 여전히 차가운 음성으로 핏대를 세운다.

둘 사이 연결을 떼어내려 할 때, 그 차이는 더 극명해진다. '그리고'는 언젠가 다시 만날 것을 기원하며 가볍게 손을 흔드는, 이별의 진수를 보여준다. 의외로 '그런데'의 해체 작업은 손쉽다. 애초에 그 연결 자체가 헐거웠기에 별다른 힘을 줄 것도 없이 순식간에 툭하고 떼어진다.

오늘 우리의 대화에선, 과연 몇 번의 '그리고'와 몇 번의 '그런데'가 등장했을까? 기왕이면, '그리고'의 온기로 촘촘히 엮여 있었기를.

35

"만약에"

우리가
말이야

드라마 〈고백 부부〉를 보다, 남편에게 물었다.
"우리가 만약에 과거로 돌아가 다시 만난다면,
언제쯤이 좋을까?"

우리 사이
대화 목록

끔찍이 아끼는 책이 있다. 오나리 유코의 『행복한 질문』이다. 손바닥만 한 크기의 이 작은 그림책은, 한 강아지 부부의 일상 대화를 담고 있는데 모든 대화의 시작은 늘 이렇다. '있잖아 만약에….'

사랑스러운 강아지 부인은, '있잖아 만약에'로 시작하는 질문을 수시로 남편에게 건넨다. "있잖아 만약에, 아침에 일어나 보니까 내가 시커먼 곰으로 변한 거야. 그럼 당신은 어떻게 할거야?" 다행히 그녀의 남편은 꽤 자상했다. "뭘 쓸데없는 걸 물어?" 하며 귀찮아할 법도 한데, "그야 깜짝 놀라겠지. 그러곤 살려달라고 애원하지 않을까? 그런 다음 아침밥으로 뭘 먹고 싶은지 물어볼 것 같아. 당연히 꿀이 좋겠지?"라며 다정히 대답해준다.

그 이후로도 아내는 계속 남편을 따라다니며 '만약에'로 시작하는 허무맹랑한 질문을 투척한다. 그러다 잠자리에 들기 전 아내는 오늘 하루의 마지막 질문을 건넨다. "그럼 있잖아 만약에, 내일이 이 세상의 마지막 날이라면?" 남편이 대답한다. "그럼 전망 좋은 언덕에 침대를 옮겨놓고 뒹굴뒹굴하면서 하루 종일 당신과 뽀뽀할 거야." 남편은 끝까지 다정했다.

동화 속 부부는 '있잖아 만약에'를 통해 평범한 일상을 다채롭게 채색해내고 있었다. 우리의 '대화 목록'에는 얼마나 다양한 내용들이 수록돼 있을까? '일, 육아'라는 한정된 테두리 안에서 우리의 대화도 뱅글뱅글 쳇바퀴 돌고 있는 건 아닌지, 우리 일상에도 '만약에'의 도입이 시급한 건 아닌지 곰곰 생각해본다.

드라마 〈고백 부부〉를 보다 남편에게 물었다.

"우리가 만약에 과거로 돌아가 다시 만난다면, 언제쯤이 좋을까?"

언제나
솔깃한 말

연인 사이의 '만약에'는 달콤하다(우리가 만약, 결혼을 한
다면). 부부 사이의 '만약에'는 건설적이다(우리가 만약에
집을 산다면). 친구 사이의 '만약에'는 희망차다(우리가 만
약에 꿈을 이룬다면). 부모자식 사이의 '만약에'는 든든하다
(네가 만약, 실수를 하게 되더라도). 신과 인간 사이의 '만약
에'는 간절하다(제가 만약, 살 수만 있다면).

어떤 관계에서도, '만약에'는 솔깃하다.

36

만약에

상상놀이

세상에 존재하는 모든 위대한 발견에는,
수많은 '만약에'가 깃들어 있다.

'만약에'가 빚어낸
위대한 유산

마냥 천진해 보이는 '만약에'도 간혹 진지할 때가 있다. 여러 가지 경우의 수를 따져가며, 해당되는 모든 상황들을 세세히 가늠해볼 때의 모습이 그렇다.

피아노 악보를 펼쳐보면, 음표 밑 자그마한 공간에 '손가락 번호'가 보인다. 해당 번호의 손가락으로 건반을 누르면 무리 없이 연주해낼 수 있을 거라는, 일종의 지침이다. 그런데 그 번호들은 어찌나 심술궂던지, 3번 손가락으로 충분히 짚어낼 수 있는 건반을 굳이 5번 손가락으로 짚으라 하는가 하면, 2번 손가락 즈음에 있는 건반을 기어코 1번 손가락으로 짚어내라 한다.

의심이 많던 나는, '대체 왜?' 하며 내 맘대로 건반을 짚곤 했다. 몇 마디 연주를 이어가다 이내 손가락이 뒤엉키고 나서야, 기어이 순응하는 식이었다. 이런 과정의 반복이 몇 차례 이어졌을 때 비로소 난, 악보 속 손가락 번호를 우리 아빠보다도 더 신뢰하게 되었다.

아마도 작곡가는 이 손가락 번호를 만들어내기까지 앞뒤 마디를 수없이 견주어가며 무수히 많은 '만약에'를 시도했을 것이다. '만약에 이 건반을 1번 손가락으로 누른다면 어떻게 될까? 만약 2번이라면? 아예 왼쪽 5번 손가락으로 눌러본다면?' 그렇게 숱한 '만약'을 반복한 끝에, 그중 가장 이상적인 손가락 번호를 발견해냈을 것이다.

세상에 존재하는 모든 위대한 발견에는 수많은 '만약에'가 깃들어 있다. 따지고 보면 우리의 인연 역시, 수시로 '만약에'를 곱씹어보던 그 배려의 시간들에 의해 완성됐던 것 같다.

저도 한번
해봤습니다!

'만약에'라는 단어의 언저리를 맴돌다 보니 나도 한번 해보고 싶어졌다. 그래서 잠시, 나만의 '만약에 상상놀이'를 끄적여본다.

만약 하루아침에 진짜와 가짜의 경계기 사라져버린다면 어떻게 될까? 먼저 경험한 것이 진짜, 나중에 경험한 것이 가짜가 되겠지?

그렇다면 장미향 향수를 먼저 경험한 나는 우연히 장미꽃을 만났을 때 "누가 장미 향수를 꽃에 뿌려놓았나?"라고 말하게 되려나? 그럼, 귀에 익숙한 우리 집 뻐꾸기시계 소리도 천연 뻐꾸기 울음소리의 원본이 되어버리는 건가? 만약에 누군가가 우리의 닮은 모습을 먼저 접하게 된다면, 우리가 비슷하기 때문에 만날 수 있었던 거라 생각하겠지?

그럼, 너와 같은 영화를 보고, 같은 노래를 듣고, 같이 골목길을 걸었던 기억들과 그렇게 서로의 느낌과 생각을 섬세히 나누며 서로에게 물들어갔던, 그 무수한 시간들은 공중으로 휙 날아가버리는 건가?

그 촘촘한 기억들은 절대 증발할 수 없기에, 아마도 진짜와 가짜는 영원히 뒤집힐 수 없을 것 같다.

'만약에'가 이끌어가는 대로 '상상 나래'를 펼치다 보니, 왠지 모르게 머리가 쫄깃해지는 것 같다. 머리가 찌뿌둥할 때, 한번 시도해보기를. 기왕이면, 당신의 파트너와 둘이서.

결코 소진될 리 없는,
쫄깃한 이야깃거리

'사실은'이 머릿속 정보들을 정제하고 있을 때, '만약에'는 갖가지 생각 풍선들을 두둥실 하늘에 띄운다. '사실은'이 범위를 좁혀나가는 진지한 간추림이라면, '만약에'는 무한한 확장을 즐기는 천진한 상상 놀이다.

대화의 현장에서, '사실은'이 기존의 간격을 유지하며 서로의 견해를 주시하는 동안, '만약에'는 무언가에 홀린 듯 바짝 당겨 앉아 서로의 상상력에 포동포동 살을 보태고 있다. 그 과정에서 '사실은'은 머릿속 지식들을 소진하지만, '만약에'의 감성 엔진은 점점 더 강력히 다져진다.

'사실은'의 주 전공자가 어른들이라면, '만약에'는 아이들의 주된 전공 분야다. '만약에'라는 호기심을 바탕으로, '사실'을 채워가는 아이. '사실은'의 토대 위에, '만약에'라는 물음표를 덧대어보는 어른. 인류의 발전을 위해 각자가 지녀야 할 방향성이다.

37

그 어떤 수식도
꺼낼 수 없을 때

"그냥"

'그냥'이 가장 기피하는 것은 집요한 캐물음이다.
그리고 그중 가장 건드리지 말아야 하는 분야는
누군가의 '변덕'에 대해서다.

순도 100퍼센트의 마음,
'그냥'

공식적 질문에 대한 대답으로서의 '그냥'은 언뜻 무례해 보인다. 질문자의 부푼 기대감에 찬물을 끼얹기 때문이다.

기자가 경기 전 스트레칭을 하는 김연아 선수에게 묻는다. "무슨 생각을 하면서 스트레칭하세요?" 그녀가 답했다. "무슨 생각요? 그냥 하는 거죠."

또다른 기자가 수영선수 마이클 펠프스에게 마이크를 건넨다. "연습을 할 때, 주로 어떤 생각을 하나요?" 그가 답했다. "오늘이 무슨 요일인지도 몰라요. 날짜도 모르구요. 전 그냥 수영만 해요."

어느 가을 밤, 한 연인이 나란히 벤치에 앉아 있다. 여자가 묻는다. "내가 왜 좋아?" "그냥."

남자의 답변에 못마땅해 하는 여자를 두고, 이번엔 남자가 묻는다. "넌?"

갑자기 여자의 머리가 어지럽다. 마땅한 이유가 떠오르지 않는다. 실은 그녀 역시도, 그냥 좋아서 좋았던 거였다.

심도 있는 답변을 기대한 이에게 '그냥'은 다소 실망스럽다. 하지만 사실 '그냥'은 세상에서 가장 순도 높은 감정이다. 어떤 생각도 감히 끼어 들어오지 못하는, 미세한 틈조차 존재하지 않는 상태, '그냥'. 대부분의 사람들은, 그 순도 높은 담백함이 무례함으로 오해받게 될까 봐 화려한 장식들을 주렁주렁 달아놓는다.

그래서일까. 예의와 격식을 벗어 던진 단출한 그냥을 만나면 후련한 기분이 든다.

미치도록 의도가
궁금하더라도

'그냥'이 가장 기피하는 것은 집요한 캐물음이다. 그리고 그중 가장 건드리지 말아야 하는 분야는, 누군가의 '변덕'에 대해서다.

그 남자를 그리도 원망하더니, 왜 다시 만나게 됐는지. 그 의견을 핏대 세워 반대하더니, 왜 갑자기 입장을 바꾸었는지. 그 사람을 그토록 싫어하더니, 왜 부쩍 가까워지게 됐는지.

그가 먼저 나서서 설명해주지 않았다면, 그건 자신조차도 그 이유를 모르고 있다거나, 그 이유라는 것이 대단히 복잡미묘하기 때문이다. '그냥, 그럴 만했겠지.' 하며 그 변덕을 안아주기로 하자.

38

그냥 전화해봤어

친구든 가족이든, '알맹이 없는 넋두리'는
우리를 더 친밀하게 할 테니까.
'그냥 온 전화'와 '그냥 한 전화.' 두 가지 모두가
당연한 우리 사이가 되기를.

마음대로 서로의 의도를
창작하지 말 것

'그냥'이 가장 억울한 순간은, 타의에 의하여 생뚱맞은 의도를 걸치게 됐을 때다.

"이거 누구더러 치우라고 이렇게 해놨어?" 내가 가장 섬뜩해하는 말이다. 엄마의 화가 치밀어 오르기 시작했음을 알리는 신호탄이기 때문이다. 엄마는 너저분한 것을 가장 싫어한다. 과자 껍질이 식탁 위에 널브러져 있다든지, 의자 등받이에 외투가 수북이 쌓여 있다든지, 신던 양말이 책상 구석에 끼어 들어가 있는 광경이 목격된 날은, 단단히 각오해야 한다. 엄마의 불호령이 스멀스멀 고개 들기 시작하면, 언니와 나는 황급히 집안 구석구석을 들여다보며 어딘가 우리가 무심코 어질러놓았을 흔적들을 찾아 나선다. 이미 늦었다는 걸 잘 알고 있지만, 그때라도 정정하지 못하면, 사태가 더 심각해질 테니까.

하지만 맹세코 얘기하건대, 널브러진 과자 봉지를, 쌓아놓은 외투를, 끼어 들어간 양말꾸러미를 '엄마가 치우세요'라는 못된 의도로 방치해 둔 것은 아니었다. 기실 아무런 의도 자체가 존재하지 않았다. 그냥 어쩌다 보니 그렇게 됐을 뿐.

나는 그러지 않기로 했다. 과일 껍질이 소파 팔걸이에 널려 있어도, 다 쓴 수건이 옷 방 거울에 걸쳐져 있어도 남편을 다그치지 않았다. 깜빡했겠거니, 하며 그냥 조용히 치우고 말았다. 다행히도 난, 별로 그런 것이 신경 쓰이지 않았다.

그러던 어느 날 충격적인 현장을 목격하게 된다. 노란 날개를 펄럭거리며 식탁 위로 거칠게 날아들던 어느 바나나껍질의 자태. 그리고 그 겁 없는 장면을 연출해내던 남편의 능숙한 손놀림. 충격이었다. 아니, 배신이었다. '깜빡했을 거라고, 나 역시 미처 깜빡할 때가 있지 않느냐고.' 두둔해주었던 나의 배려들이 이토록 허무하게 무너져 내릴 줄이야. 마음속에서 분노가 들끓기 시작했고, 급기야 마성의 문장이 내 앞에서 튀어나와 버렸다. "지금 나더러 치우라고 그렇게 해놓은 거야?" 그렇게 우리 집엔 한동안, 난기류가 흘렀다.

아무 의도가 없던 일에도, 왜곡된 의도를 연결 짓고 나면 불현듯 분노가 치밀어 오른다. 왜곡된 의도는 늘 어찌나 절묘하던지, 논리적으로 그 이상 탄탄할 수가 없다. 그러나 모든 행동마다 의도가 있는 건 아니더라. 정말 '그냥'인 상태의 행동들도 제법 빈번히 일어나더라. 나와 언니, 그리고 내 남편이 무심코 그랬던 것처럼.

진중한 의도 탐색의 자세는 인정받아 마땅하나, 그 탐색의 선택지엔 '의도 없음, 그냥'이라는 보기도 꼭 넣어두기로 하자. 성급히 왜곡된 의도를 끼워 넣지 않기로 하자. 만화 '영심이'에서도 '몰라요'가 정답이지 않았던가.

난 그냥이
어렵다

내가 가장 열과 성을 다해 받는 전화는, 그냥 걸려온 전화다. "그냥 뭐하나 궁금해서 전화해 봤어."라는 친구의 전화는 뛸 듯이 반갑다. 나라는 사람을 무심코 떠올려주었음이 고맙고 감동적이다. 그래서 난, 기다렸다는 듯 그간의 시시콜콜한 이야깃거리들을 야무지게 들추어가며 수다를 늘어놓는다. 친구의 용건 없는 전화가 싱겁게 끝맺어지지 않도록, 최선의 수다력을 발휘한다.

사실 난 '용건 없이 그냥 연락하는 것'에 취약하다. 괜히 좀 멋쩍기도 하거니와, 바쁜 친구에게 부담이 되지 않을까, 하는 자질구레한 생각들 때문이다. 이것도 집안 내력인가. 우리 가족은 용건 없는 전화를 좀처럼 하지 않는다.

"엄마, 이건 어떻게 해야 하는 거예요?"

"언니, 그때 말했던 그거 뭐였지?"

전화의 용건이 '그냥'이었던 적은 드물었던 것 같다.

그래도 요즘엔 좀 낫다. 타지에 뚝 떨어져 살게 되면서부터, 익숙한 음성에 대한 그리움의 강도가 부쩍 세졌기 때문이다. 친구든 가족이든, '알맹이 없는 넋두리'는 서로를 더욱 끈끈하게 엮어줄 것이다. '그냥 온 전화'와 '그냥 한 전화.' 두 가지 모두가 당연한 우리 사이가 되기를.

각 별 한
마 음   나 눔 법

'그냥'이 그냥 그대로 존재할 수 있는 건, 받아들이는 이의 남다른 배려와 인내 덕분이다. '아무 의도 없음'을 아무리 힘주어 선언한다 해도, 사실 그 안엔 터질 것 같은 답답함, 주체할 수 없는 울컥함처럼 다소 불안정한 상태의 감정이 내재돼 있음을 상대는 이미 직감하고 있다. 단지 그 멍울이 펑하고 터질 때까지 충분한 시간을 주는 것일 뿐.

'그냥'이 진짜 그냥일 때도 있다. 어떤 의미도 내포하지 않은, 솜털처럼 가벼운 그냥이다. 내 집 문을 벌컥벌컥 여닫는 식의 본능적이고 직관적인 두드림이다. 사실 이토록 가뿐한 '그냥'을 타고 들어온 마음이야말로 가장 각별하다. 그리고 이 각별한 두드림이 찰떡같이 받아들여질 때 우리 사이의 유대는 급격히 돈독해진다.

어느 쪽의 '그냥'이든, '그냥'은 그냥 그렇게 받아들여져야 한다.

39

그 무언가를
위해

"기꺼이"

'인내'마저도 기꺼이 받아들이는 태도에 대한 보상은
기대 이상이었다. 우리가 서로를 위해
기꺼이 인내해왔던 시간들.
그 시간에 대한 성대한 보상을 새삼 기대해보게 된다.

벗이라면,
기꺼이

적당히 베푼 호의는 '감사'를 남기지만, 기꺼이 베푼 호의는 '기억'을 남긴다. 적당히 베푼 호의는 "도의에 어긋나지 않을까?"라는 매뉴얼적 사고에서 비롯되지만, 기꺼이 베푼 호의는 "혹여 뭐 필요한 게 있지 않을까?"라는 습관적인 호의에서 비롯되기 때문이다.

'기꺼이'와 '적당히.'

둘 사이에는 받아들이는 몸짓에도 사뭇 차이가 있다.

적당히 받아들이는 응대는 대단히 정중하다. 눈을 마주치고 정중히 고개를 숙여 감사의 마음을 정갈하게 표현한다. 반면 기꺼이 받아 드는 응대는 다소 호들갑스럽다. 서로의 진심이 통했다는 사실에 격하게 감동하며 벅찬 기쁨을 표출한다. 그러곤 미리 생각해두었던 선물을 서둘러

전하고 싶어 안달이 난다.

그러한 이유로, 적당히 주고받아온 상대와는 '지속적 협업'을 생각하게 되고, 기꺼이 주고받아온 상대와는 '영원한 벗'을 꿈꾸게 된다.

어떤 관계, 어떤 상황이
극도의 인내를 요구할 때면

'참고 견디는 것'과 '기꺼이 맞이하는 것.' 이 두 가지는 내 머릿속에서 철저히 따로 구분돼 있다. 참고 견디는 것은 기상을 재촉하는 알람 소리일 테고, 기꺼이 맞이하는 건 감성 충만한 어쿠스틱 기타 소리일 거다.

남해 보리암에 간 적이 있다. 난 공식적으론 가톨릭 신자이지만, 목사님의 설교, 고찰의 분위기를 모두 좋아하는 까닭에 종종 교회와 절, 성당을 두루 찾아가곤 한다. 그날은 추석 당일이었는데, 보리암에 들어서기 한참 전부터 차들이 즐비하게 늘어서 있었다. 거북이걸음으로 진을 빼던 중 커다란 현수막 하나가 눈에 들어온다.

'여기서 주차장까지 50분의 여유가 있습니다.' 단박에 이해되지 않는 이 낯선 문장을 거듭 곱씹어봤다. '아 이

상태로 50분 더 기다려야 한다는 얘기네.'

이 단순한 문장이 왜이리 어색하게 느껴졌을까. 문제는 '여유'라는 단어 때문이었다. '여유.' 극심한 정체를 예고하고 있는 현수막 문장의 내용과 당최 어울리지 않는 단어다. 그러니 낯설게 느껴질 수밖에. 이 야릇한 현수막 글귀를 좀 더 직접적으로 풀어보면 이렇게 해석될 수 있을 것이다. '참고 견딘다는 생각으로 고통스러워 마세요. 기꺼이 이 시간을 품으세요. 여유롭게 경치 감상하면서.'

과연 저 글귀를 보고, 휙 핸들을 돌릴 차가 몇 대나 될까. 사실 '정체 속 기다림'은 우리 부부가 극도로 기피하는 인내의 유형이다. 그런데 왠지 모르게 그날의 우린 좀 누그러져 있었다. 그래 오늘만큼은, 느긋한 마음으로 한번 기다려보기로 하자. 아, 어쩌면 이것부터가 계획된 수행의 과정이었는지도 모르겠다.

창밖의 청명한 저수지가 기꺼이 도로를 감싸 안고 있다. 티 없이 맑은 물결은 기꺼이 우리의 눈을 정화시키고 있으며, 숲 속 청정한 공기는 기꺼이 차 안 가득히 스며들어왔다.

자연의 향기, 기다림의 시간, 그리고 이곳에 함께 온 내

소중한 인연들의 표정과 호흡, 소소한 이야깃거리들까지. 기꺼이 마음의 문을 열어놓고 나니, 세상 만물 역시 기꺼운 태도로 나에게 안겨 든다. 절에 들어서기도 전에 벌써, 마음의 평화가 찾아왔다.

'인내'마저도 기꺼이 받아들이는 태도에 대한 보상은, 기대 이상이었다. 우리가 서로를 위해 기꺼이 인내해왔던 시간들, 그 시간에 대한 성대한 보상을 새삼 기대해보게 된다.

40

쌍방합의된

암묵적
　　　　"기꺼이"

우리가 잊지 말아야 할 '기꺼이' 기본 수칙!
'그 어떤 기꺼이에도 배려가 기본이다.'
서로의 '기꺼이'가 기꺼이 받아들여지고 있는지
수시로 상황 점검에 나서야 할 듯 싶다.

능동의
슈퍼파워

금방이라도 글자 밖으로 튀어나올 것 같은 능동형의 단어, '기꺼이'. '기꺼이'의 능동성은 우리 일상의 틈바구니에서 종종 그 저력을 드러내곤 한다.

내가 자부하는 유일한 컴퓨터 기술은, 비교적 빠른 타자 실력이다. 초등학교 3학년 때부터 유독 자판 연습에 열을 올렸는데, 이유는 단 하나, 근사한 직장인 흉내를 내보고 싶었다. TV 속 직장인들의 모습은 늘 선망의 대상이었고, 자판을 두드리고 있노라면, 나도 금세 어른이 된 것 같았다. 그렇게 나의 자판놀이는 시작됐고, 그것이 현재 내 타자 실력의 자양분이다. 그때 컴퓨터를 향한 나의 열망은, 대단히 능동적이었다. 그러나 거기까지.

난 지금 컴퓨터와 전혀 친하지 않다. 그 흔한 SNS 활동도 몹시 수동적이다. 몹쓸 의무감이 요동치는 날, 이따금 좋아요 버튼 누르기. 응답을 요구하는 글에만, 일주일 뒤 겨우 겨우 덧글 흔적 남기기. 끝.

허나 오늘만큼은, 기꺼이 글을 남겨보기로 했다. 그런데 웬걸? 내가 작성한 글에 여러 개의 좋아해가 달리고, 하나둘 덧글까지 붙으니, 어색한 유대감이 스멀스멀 올라온다. 몇몇 화끈한 덧글 덕에 통쾌함도 맛볼 수 있었고, 잊고 있던 기억들도 몇 가지 떠올랐다. 일주일째 골머리를 앓고 있던 문제를 해결해줄 기막힌 영감도 떠올랐다. 전혀 예상치 못했던 수확이다. 싸이월드 시절부터 줄곧 'SNS는 시간 낭비'라 치부하며 수동적인 자세로 버텨왔던 나는, 이렇게 하루아침에 SNS 예찬론자가 되어버렸다.

'기꺼이'가 지닌 능동성은 수동에 비해 확실히 생산적이었다. 일이든 관계든 기왕에 하는 거라면, 뭉그적거리는 수동보단 능동의 '기꺼이'가 나을 것 같다.

배려가
기본이더라

대부분의 '기꺼이'는 로맨틱하다. 특히 멜로드라마 속 남주인공의 '기꺼이'는 더더욱 그렇다. 바로 그 로맨틱함을 대리 경험하기 위해, 우리가 그토록 멜로드라마에 집착하는 건지도.

애정하던 드라마가 모두 종영했다. 즐겨 볼 드라마를 하나 정해볼 요량으로 TV를 틀었다. 여자의 직장으로 불쑥 찾아온 남자. 그는 장미꽃 한 송이를 덥석 그녀의 손에 쥐어준다. 사랑하는 여인을 위해 부끄러움 따위는 기꺼이 내려놓은 이 남자의 사랑. 방법론적으론, 제법 로맨틱했다. 그런데 아직 몰입이 덜 된 탓인지 내 머릿속엔 좀 비뚤어진 생각들이 배회한다. '만약 저 남자가 찌질이라면?'

또라이 정모군이 기억난다. 그 아이는 나의 초등학교

동창이었는데, 자신이 유명한 화가가 되면 〈TV는 사랑을 싣고〉에 출연해 나를 찾을 거라고 떠벌리고 다녔다. 이 이야기는 비단 학교 내 친구들 사이에서만이 아니라, 동네 아줌마들의 입을 타고 엄마의 귀까지 전해졌다. 그렇게 그 아이와 나는 본의 아니게 연결되어 버렸고, 그 지긋지긋한 '정모군 꼬리표'는 고등학교에 이르기까지 줄곧 나를 쫓아다녔다. 내가 왜 굳이 그 아이와 결부되어야 하는가, 억울했다. 지금 생각해도 무지 억울하다.

하긴 좋게 봐주는 마음이야 고맙게 생각할 수도 있었다. 하지만 정모군의 '배려 없는 기꺼이'는 '어느 또라이의 행태' 정도로 여겨질 뿐이었다. 그가 기꺼이 마음을 표현해왔던 모든 행동들이, 오로지 자기 혼자만의 감정에만 충실했다는 게 문제였다. 그런 방식의 저돌적 호의는, 상대를 부담스럽게, 아니 고통스럽게 한다는 것을 그때 그 아이를 통해 깨닫게 됐던 것 같다.

잊지 말아야 할 '기꺼이' 기본 수칙! '그 어떤 기꺼이에도 배려가 기본이다.' 서로의 '기꺼이'가 기꺼이 받아들여지고 있는지, 수시로 상황 점검에 나서야 할 듯 싶다.

호의를 나누는
가장 재빠른 움직임

'기꺼이'는 두루뭉술하다. 무게나 양을 세밀히 가늠하려 하지 않는다. 양팔 벌려 되는 대로 한가득, 이것이 '기꺼이' 가 생각하는 가장 알맞은 양이다. 소수점 아래 한 자리부터 뚝 부러지게 버림하는 '마트식 계산'보다는, 대강 어림잡 은 한 줌을 저울 위에 툭 올려놓고선 이내 아쉽다는 듯 한 움큼 더 밀어 넣는 '재래시장 계산법'이 '기꺼이'에 더 가깝 다. 그런 계산법 앞에선, 너도 나도 덩달아 수 계산을 내려 놓게 된다.

'기꺼이'는 본능적이고 능동적인 움직임이다. 비록 정돈 되지 않은 채로 벌떡 튀어나와 헝클어진 상태일지라도, 누 구보다 빠른 반응 속도를 자랑한다. 그렇게 헐레벌떡 해맑 게 뛰쳐나와야, 상대도 자신의 호의를 수월히 건네받을 수 있기 때문이다.

특정 누군가를 향한 편파적인 기꺼이도 있다. '기꺼이' 중에서도 가장 저돌적인 특성을 지니는데, 그놈의 저돌성 탓에 초반부에 대부분의 에너지를 소진하고 만다. 에너지를 유지해내는 유일한 방법은 상대의 적극적 응대다. 못지않은 호들갑으로 기꺼이 맞이해줄 때, 그 '기꺼이 마인드'는 비로소 오랜 균형을 유지해낼 수 있다. 속없어 보이는 '기꺼이'에도 한계치가 있다는 것을 우리는 기억해야 한다.

41

밀도 높고
짧은 위로

"마음이 어땠어?"

슬픔의 사건과 아무 상관없는,
그런 화창한 이야기들이 차곡차곡 쌓이다 보면
언젠가 수렁 안에도 볕이 들지 않을까? 우리들의 위로에
지혜로운 완급이 깃들기를.

완급 있는
위로

'마음이 어땠어?'라는 말은, 아마도 위로의 장면과 가장 잘 어울리는 것 같다. 마음을 보듬어주는 그 보드라움이야말로, 궁극적으로 우리가 가장 그리워하는 감촉이기 때문 아닐까? 그런데 '마음이 어땠어?'라는 이 물음도, 상황에 따라 약간의 완급이 필요할 듯하다.

슬픔에 강약이 어디 있겠느냐마는, 유난히 깊은 수렁에 빠진 이가 있다면 마음조차도 묻지 말기로 하자. 그냥 서로의 그림자가 느껴질 만큼의 거리에 우두커니 서서, 우직하게 기다려보기로 하자. 혼자라고 느껴지지 않을 만큼의 거리에 존재해 있는 것, 그게 그 사람에겐 가장 큰 위로일 것이다.

비교적 얕은 슬픔에겐 섬세히 마음을 훑어주는 말들이

유효하겠지만, 깊고 묵직한 슬픔에겐 그저 바람 지나가는 소리일 뿐이다. 차라리, 마음껏 헤매다 진이 빠졌을 때 그때 잠시 다가가보기로 하자. 그러곤, 아예 새로운 이야기들로 기분을 환기시켜주기로 하자. 슬픔의 사건과 아무 상관없는, 그런 화창한 이야기들이 차곡차곡 쌓이다 보면, 언젠가 수렁 안에도 볕이 들지 않을까?

우리들의 위로에도, 지혜로운 완급이 깃들기를.

어쩌면 가장
집요한 질문

자신과의 소통이든 타인과의 소통이든, 대개의 소통은
이런 방식으로 이루어진다. 마음을 묻거나 듣거나 알아채
거나.

"마음의 소리를 들어보세요."

잔잔한 명상 음악을 배경으로 전신의 힘을 쫙 풀어놓
는다. 가부좌를 튼 뒤, 들이 마시고 내쉬는 호흡에 모든
정신을 집중한다. 전문가들의 조언에 따르면, 이러한 과
정을 수없이 반복한 다음에야, 진짜 깊숙한 내면의 소리
를 들을 수 있다고 한다. 그만큼 마음은 비밀스럽다.

"당최 그의 마음을 모르겠어."

남자의 문자메시지 하나를 두고도 백가지 해석이 튀어
나온다. 그 백가지 해석은 여자의 마음속에서 또 다시 여

러 갈래로 나뉘어 활개치다 결국 대단히 변화무쌍한 양상
으로 얽히고설킨다. 자기 자신조차도 그때그때 알아채지
못할 만큼 다이내믹하게. 그만큼 마음에는 명쾌한 해답이
없다. 그래서 사실은, '마음이 어땠어?'만큼 집요한 질문
은 없다.

저기 새로 들어온 직원이 지나간다. "사는 곳이 어디에
요?"를 물으려다, "첫 미팅하고 나니 기분이 어때요?"라고
질문해버렸다. 그래, 조금 집요할지언정 난 이런 질문이
좋다.

42

마음을 묻기

쑥스러울 때

마음은 본래 자연스러움을 지향한다.
억지로 몰아붙이는 다그침을 가장 경계한다.
그러므로 누군가의 마음에 어떤 자취를 남기고 싶을 땐,
가장 자연스러운 길을 택하는 게 좋을 것 같다.

조용히 마음을
두고 간다

마음은 본래 자연스러움을 지향한다. 억지로 몰아붙이는 다그침을 가장 경계한다. 그러므로 누군가의 마음에 어떤 자취를 남기고 싶을 땐, 가장 자연스러운 길을 택하는 게 좋을 것 같다.

결혼 전부터 참 이상적인 부부라 생각해온 커플이 있다. 정서적으로 참 끈끈하게 연결되어 있는 듯한 두 사람. 문득 생각난 이들의 에피소드 하나를 소개해볼까 한다.

하루는 아내가 고민을 털어놓는다(참고로 아내는, 나와 시시때때로 진로 고민을 나누는 직장 동료이고, 내가 그렇듯 그녀의 고민도 늘 두서없다). 아마도 그날의 고민 역시 두서없이 쏟아져 나왔을 것이다. 가만히 듣고만 있던 그녀의 남편, 그는 한동안 아무 말이 없었다고 한다.

그렇게 하루를 정리하고 나란히 누워 천장을 바라보고 있는데 그녀의 남편이 주섬주섬 말문을 열기 시작한다. 이야기의 주제는 자신의 파란만장 인생사였는데, 희한하게 그 이야기들은 아내의 고민과 결부되어, 차곡차곡 아내의 마음속에 잔상을 남긴다. 별개의 것인 양 늘어놓아진 남편의 이야기. 아마 그건, 아내에게 들려주고 싶었던 남편의 굵직한 조언이었을 것이다. 짐작하건대 그 사이 그녀의 남편은, 아내의 마음 상태를 쉼 없이 헤아리며, 자신의 다독임이 가장 필요한 지점을 세심히 찾아내고 있었던 듯 싶다.

상대의 마음결에 세심히 귀를 기울이고, 상대의 '마음 길' 안쪽에 자신의 마음을 놓고 갈 줄 아는 사람. 그리고 그 마음의 이야기를 고스란히 받아들일 줄 아는 그의 파트너. 그래서 두 사람은 천생 부부인가 보다.

존재 자체가
위로인 무엇

마음과 관련된 말들을 육성에 담는다는 것이, 좀 쑥스럽게 여겨질 때가 있다. 시쳇말로 좀 오글거린다. 그래도 다행스러운 것은, 마음을 궁금해하는 물음이 꼭 육성으로만 표현되는 건 아니라는 거다. 그중에 하나가 '편지'다.

마음이 염려되지만, 쉽사리 그 마음을 묻기가 어려울 때 난 편지지를 꺼내 든다. 편지는 그 자체만으로도, 상대에 대한 진실한 마음을 드러내준다고 믿는 까닭이다. 그도 그럴 것이, '한 줄 문자'는 받는 이에게 허무함을 주지만, '한 줄 편지'에선 왠지 모를 뭉클함이 느껴지지 않던가. 늘 편지의 여백은 공허함이 아닌, 마음의 울림을 주었던 것 같다.

편지가 '마음'과 가까운 이유는 번거롭기 때문이다. 오직 '나'라는 사람을 떠올리며 손수 편지지를 고르고, 허술한 글씨체로 한 글자 한 글자 적고 또 적어야 하는 그 과정 자체가 여간 번거로운 게 아니다. 허나 그 수고스러운 과정조차도, '보낸 이'에겐 행복이었음을 '받는 이'는 누구보다 잘 알고 있다.

다른 또 하나의 이유는 섬세함에서 비롯된다. 획 하나, 점 하나에서도 '보낸 이'의 떨림과 정성이 느껴질 정도로, 편지는 섬세하다. 같은 글자, 같은 띄어쓰기라도 결코 똑같지 않기에, 편지 속 모든 흔적에는 '보낸 이' 고유의 숨결이 묻어 있다. 게다가 오래 묵을수록 색이 바래져가는 모습은, 시간을 같이할수록 농도가 짙어지는 우리 마음의 속성과도 비슷한 구석이 있다.

책상 서랍 맨 밑 칸을 열어 오래된 편지 보관함를 열어본다. 편지의 부피만큼 봉긋하게 부풀어 있는 편지 봉투들. 그 도톰하고 부드러운 촉감에 금세 마음이 보드라워진다. 이것이 컴퓨터 파일함보다 오래된 편지 보관함에 더 애착을 느끼는 이유인가 보다.

우둔하지만 오래 남을
우리들의 위로

'그래서 어떻게 됐어?' 식의 팩트 체크는 정확한 사실에 근거한 대안 도출에 초점을 맞추지만, '마음이 어땠어?'는 오로지 그 사람의 고된 마음에만 안테나를 세운다. 전자가 자신의 연륜을 동원하여 지혜를 짜내는 동안, 후자에겐 아무런 대책이 없다. 에라 모르겠다, 품 안으로 와락 안아버릴 뿐이다. 한참을 그러고 나서야 비로소 '그랬구나, 나라도 그런 마음이었겠다' 식의 맞장구로 찬찬이 말문을 연다.

어쩌면 해법을 알지 못해서일 수 있다. 하지만 정작 오래 거닐게 되는 건 '마음이 어땠어?'라는 우둔한 위로가 남기고 간 자취다. 모든 문제는 사건이 아닌 마음에서 비롯되며, 마음이라는 녀석은 도무지 일사천리로 뚝딱 해결될 수 없기 때문이다.

43

"어쩌면"

그래서 였을지
몰라

결국 우린 '어쩌면'에 기대어 도무지 납득하지 않을 만큼의
먼 길을 빙 돌아간다. 그 먼 길을 에둘러 걸으며,
"어쩌면 말 못할 이유가 있을지 몰라!"
라는 말을 곱씹고 또 곱씹는다.

소중한 만큼
에둘러 간다

남들만큼 빠르고 민첩하게 서로를 판단해버릴 수도 있었다. 허나 그리하기엔 우리의 오랜 인연이 너무나 아쉽기 때문에 자꾸만 '어쩌면'을 부여잡게 된다. 다른 이들과 동등한 잣대로 서로를 판단해버리기엔 서로가 너무 아깝기 때문에. 그간의 파릇했던 기억을 검정 물감으로 뒤덮어버리기엔 우리 사이 추억들이 몹시 귀하기 때문에.

결국 우린 '어쩌면'에 기대어 도무지 납득되지 않을 만큼의 먼 길을 빙 둘러간다. 그 먼 길을 에둘러 걸으며, "어쩌면 말 못할 이유가 있을지 몰라!"라는 말을 곱씹고 또 곱씹는다. 코앞의 직진 코스를 통과해 '나쁜 사람' '실망'이라는 딱지를 서로의 이마에 붙여버리기엔 아직 서로가 너무나도 소중하다.

적중률을
높이려면

대개의 '어쩌면'은 우둔하다. 그런 탓에 적중률 또한 높지가 않다. 그럼에도 불구하고 '어쩌면'의 적중률을 높일 수 있는 묘안이 두 가지 있는데, 하나는 한 사람을 그의 '역사적 맥락'에서 바라보는 것이고, 나머지 하나는 그의 '관계망' 속에서 바라보는 것이다.

정현종의 「방문객」이라는 시가 있다. '한 사람이 온다는 건, 그의 과거와 현재와 미래가 함께 오는 것이다'라는 구절이 특별히 마음에 와 닿아, 강의 중에도 자주 소개하곤 한다. 어떤 행동의 단편만으로 한 사람을 판단해버릴 만큼 인간의 인격은 심플하지 않다. '어쩌면'이라는 깃발을 들고, 그 사람의 과거-현재-미래의 언저리를 휘 들여다본 뒤에야 약간의 가늠이라도 가능해지는 게 아닐까.

고로, 적중률을 높이기 위해 '어쩌면'이 거닐어야 하는 길은, 그 사람만의 역사가 깃든 인생길이다.

하루는 서울역 안내데스크 앞에서 이런 문구를 본 적이 있다. '지금 여러분 앞에 있는 직원은 누군가의 가족입니다.' 순간 눈앞의 직원 얼굴이 그의 가족과 결부되어 비춰졌다. 안내원과 그의 가족, 그 밖에 그를 둘러싸고 있을 인연들을 떠올리니, 일면식 없는 그가 새삼 애틋해졌다. 이런 마음이라면, 누구도 그를 무례하게 대할 수 없으리라. 고로, 적중률을 높이기 위해 '어쩌면'이 거닐어야 하는 길은, 한 사람을 둘러싸고 있을 수많은 인연들, 그 관계망을 감싸 안은 둘레길이다.

우리는 우리 자신의 역사와 관계망에 대해선 너무나도 상세히 잘 알고 있다. 하지만 다른 이의 그것에 대해선 제대로 알지 못한다. "나는 되고, 넌 안 돼." 식의 논리가 속출하는 것도, 서로에 대한 배경지식 자체가 다르기 때문 아닐까?

가족과 동창 친구들처럼 오래된 인연들 앞에선 긴장의 나사 하나를 풀어놓게 되는 것도 그런 까닭인 것 같다. 과거와 결부 지어 서로의 오늘을 바라봐주고, 미래를 염려해주는 사람들. 개개인이 아니라 서로의 주변인까지도 같이 품어 바라봐주는 사람들. 그런 사람들 앞에선, 조금 서툴더라도 진심이 왜곡되지 않기에 안심이 된다.

우리 사이, 서로의 역사와 관계망 속에서 더욱 돈독해지기를.

44

간절함의

다른 말

'어쩌면'은 상대에 대한 의리이기도 하지만,
어쩌면 '말하는 이'를 위한 시간일지도 모른다.
불안한 현실 앞에서 더 위태롭게 간절해진,
다소 불안정한 상태의 스스로를 다독이는 시간 말이다.

어쩌면,
그건 나를 위해서

요 근래 가장 간절했던 적이 언제였던가? 간절한 마음
이 갑자기 눈덩이처럼 부풀어버려서 어찌할 바를 모르겠
을 때, 우리는 '어쩌면'이라는 단어를 집어들게 된다.

미셸 오바마의 고별 연설을 봤다. 그날따라 유독 그녀
의 단어에 눈길이 갔다. '어쩌면(may be)'이었다. 연설의
끝자락에 연거푸 등장했던 그녀의 '어쩌면'은 잘 짜인 연
설의 틈새 사이로 튀어나오는 간절함 같아 보였다. '세상
이 늘 이상적인 방향으로 흘러가진 않겠지만, 끝까지 자
기 자신을 믿고 희망을 놓지 말아 달라'는 간절한 당부였
다. '어쩌면'을 내뱉는 그녀의 눈빛과 손짓은 애처로울 만
큼 애잔했으며, 그 '어쩌면' 탓에 그녀의 임기 종료가 더
욱 아쉬워졌다.

단 하나의
기댈 곳

어제 배우 김주혁이 사망했다. 그의 사망소식을 접한 사람들의 첫 반응은 이랬다. "어쩌면 오보일지 몰라요. 좀 더 기다려봐야 해요." 훌륭한 배우를 갑작스럽게 떠나보내고 싶지 않다는 간절함으로, 사람들은 '어쩌면'을 되작거리고 있었다.

'어쩌면'은 상대에 대한 의리이기도 하지만, 어쩌면 '말하는 이'를 위한 시간일지도 모른다. 불안한 현실 앞에서 더 위태롭게 간절해진, 다소 불안정한 상태의 스스로를 다독이는 시간 말이다. 연인의 뜬금없는 이별 통보에도 '어쩌면 나를 너무 사랑해서일지 몰라' 하며 스스로를 다독이고, 엉망이 된 동료의 발표를 보면서도 '어쩌면 더 진정성 있게 어필 됐을지 몰라'라며 희망을 찾는다. 위로 한

마디 없는 지인의 무심함에도 '어쩌면 나보다 더 속상해서일지 몰라'라고 두둔해보기도 한다. 우리는 이런 방식으로 '어쩌면' 사이를 배회하며, 서서히 불안한 현실을 받아들이는 것 같다.

미셸 오바마가 그랬던 것처럼, 배우 김주혁을 애도하는 사람들이 그랬던 것처럼, 우리는 '어쩌면'이라는 이 간절한 단어에 종종 기댈 수밖에 없다.

어쩌면?
어쩐지

'어쩌면'이 가장 열광하는 순간은, '어쩐지'로 결론 맺어질 때이다. 혹시나 해서 빙 둘렀던 길이, 결국엔 가장 정확한 길이었음을 알게 되었을 때의 안도감은 너무나 황홀하다. '어쩌면'이 붙잡고 있던 다소 억지스러운 믿음이, '어쩐지 그럴 줄 알았어. 네가 그럴 리 없지!'로 결론 나는 순간, 우리는 더없이 감격스럽다. 그 황홀하고도 감격스러운 결말을 꿈꾸며, 오늘도 우리는 서로를 위해 먼 길을 에둘러 가보기로 한다.

45

우리

"조율"해
볼래요?

되짚어보면 그날의 연대는,
서로의 취향에 대한 상호존중과 서로의 욕망에 대한 이해,
이 두 가지가 조화롭게 버무려진,
초딩 나름대로의 '조율'이었다.

오해
방지

내가 '조율'이라는 단어를 처음 접한 건, 아홉 살 무렵이었다. 피아노 조율을 위해 한 아저씨가 우리 집에 찾아왔는데, 다소 거친 인상에 그 몸집은 매우 커다랬던 것으로 기억된다. 투박한 걸음으로 성큼성큼 걸어 들어온 아저씨는 두툼한 손으로 피아노 뚜껑을 여셨다. 몇 개의 건반을 세심히 눌러보며 청각 안테나를 곤두세우더니, 피아노 몸통에 든 핀을 돌리고 또 돌리셨다. 건장하지만 의외로 섬세했던 피아노 아저씨. 바로 이 모습이 '조율'에 대한 나의 첫 번째 기억이다.

조율을 마친 피아노 소리는 영롱했다. 광고에서 표방해온 맑고 고운 소리란 갓 조율을 마친 피아노의 소리를 두고 하는 말이었다. 물론 시간이 지나면, 다시 또 소리는 야금야금 비뚤어지고, 탁해질 것이다. 그럼 우린 또 다시 피아노 아저씨께 도움을 청하겠지.

사람도 별반 다르지 않은 것 같다. 피아노 건반 소리가 점차 변해가듯, 시간이 흐르고 생활이 변하면 그에 따라 우리 내면의 사고방식도 달라지게 마련이다. 각자의 테두리 안에서 치열히 살다 보면 누구든 자신의 입장에 맞춰 사고의 틀을 변형하게 될 터였다. 그 변형된 틀이 오랜 시간 유지되다 보면, 그것은 자신만의 표준이 된다. 유년 시절을 함께 보낸 죽마고우라 하더라도 귀농한 청년의 생각은 해와 바람 등 자연섭리에 치우쳐 있을 것이며, 증권맨 청년의 생각은 숫자, 속도, 배팅 쪽으로 기울어 있을 것이다. 그리고 해가 거듭될수록, 두 사람의 관점은 각자의 방향대로 더욱 짙어질 것이다.

문제는 방치된 피아노에서 어정쩡한 '불협화음'이 발생하듯, '생각 조율'을 게을리한 사람들 사이에선 난감한 '오해'가 발생한다는 데 있다. 하기야 각자의 위치에서 각자의 이야기만 떠들어대니, 제대로 그 의도가 통할 리 없다. 대화가 길어질수록 불편한 이질감만 더해질 뿐이다. 급기야 듣는 귀까지 마비되어 서로의 한마디 한마디가 배배 꼬아져 들린다. 그날의 그 이야기가 그토록 아니꼽게 들렸던 건 오랜 시간 나 홀로 만들어온 비뚤어진 관점 때문일지도.

균등하지 않은
최적의 균형

'조율'은 시간적 강박에서 벗어나 있다. 시계 바늘을 보며 발을 동동 구르는 다급함을 경계한다. '협상'보다는 좀 더 느긋하고, '방관'보다는 조금 더 적극적인 움직임이다. 조율이 이토록 여유를 부릴 수 있는 건, 언젠가 우리 사이에 그럴싸한 하모니가 만들어질 기리는 믿음이 있기 때문이다.

'협상'은 힘의 세계와 단단히 결부되어 강한 자가 더 많은 것을 갖고 약한 자가 더 많은 것을 포기해야 한다는 암묵적 전제를 내포하고 있다. 힘의 정도가 비등한 경우, 똑같이 취하고 똑같이 포기하는 '수학적 균등함'을 택한다.

반면 '조율'은 힘의 세계에서도 한 발 벗어나 있다. 포기와 수용의 정도를 똑 부러지게 가늠할 줄 모른다. '수학적 균등함'보다는 그간 서로가 거닐어왔을 '삶의 맥락'을 살피느라 여념이 없다. 그런 방식으로, 상호간 이해와 인정이 존재하는 '조율점'이 등장하기만을 기다린다. 설령 그 지점이 한쪽에 치우쳐 있다 해도, 그건 아무런 문제가 되지 않는다.

그러한 까닭에 협상의 관계에선 '수학적 매너'가, 조율의 관계에선 '상호 존중의 자세'가 중요시될 수밖에 없다.

늘 그렇게
있어왔던 조율

열두 살 무렵, 나는 김건모를 좋아했고, 친구는 신승훈을 좋아했다. 우리는 나란히 소리 높여 노래하는 걸 좋아했는데, 문제는 내가 김건모 노래를 부르려 하면, 친구는 꼭 신승훈 노래를 고집한다는 데 있었다. 늘 우리는 그 부분에서 충돌했다.

그날도 그랬다. 어김없이 친구는 신승훈의 노래를 부르기 시작했다. 그녀가 선택한 곡은 '내 방식대로의 사랑'. 난 순응도 반란도 아닌 어정쩡한 마음으로, 조그맣게 '잘못된 만남'을 흥얼거렸다. 그런데 웬걸. 우연히 두 노래의 끝자락이 맞닿게 되었고, 이후 나의 '잘못된 만남'은 '내 방식대로의 사랑'으로 어영부영 옮겨 붙어버렸다. "연인이 돼 있었지(잘못된 만남)~하지만 내가 생각하는 사랑이란(내 방식대로의 사랑)." 그것이 우스웠던 우리는 연신 히히덕거리며 골목길을 누볐고, 그날부로 우리의 18번 레퍼토리는 '내 방식대로의 잘못된 사랑'으로 확정 지어졌다.

되짚어보면 그날의 연대는, 서로의 취향에 대한 상호존중과 서로의 욕망에 대한 이해, 이 두 가지가 조화롭게 버무려진, 초딩 나름대로의 '조율'이었다.

46

서로
다름을

인정하다

"처음에는 의견이 들쭉날쭉하여 달랐으나,
끝내는 찬란하게 같은 데로 모아졌다." 조율의 진수다.

느긋하게
호흡을 맞추어본다

환상적인 조율을 논할 때, 결코 재즈를 빼놓을 수 없지. 재즈란, 32마디의 밑그림을 토대로 펼치는 즉흥 연주다. 재즈 연주자들은 각자의 감흥대로 자유로이 변주하되, 서로에 대한 시선도 놓지 않는다. 이렇게 자연스레 조율된 하모니는 그 누구도 예상할 수 없는 것이어서 더 쫄깃하고 더 싱그럽다. 연주자와 관객, 모두가 리듬에 몸을 맡긴 공간, 그 어느 누구도 아등바등하지 않는 공간. 그래서 재즈바는 매력적이다. '조율'이란 단어에서 왠지 모를 리듬감이 묻어나는 것도 이 매력적인 느긋함 덕분일지도.

그러고 보면 '자연스러움의 저력'은 가히 막강한 것 같다. 그것이 빚어낸 결과물은, 계획적 움직임이 만들어낸 결과물과는 다른 가치를 지닌다. 그러므로 웅장한 이과수

폭포에서 우리가 들춰 보아야 하는 것은, 간신히 끼워 맞춰진 '과학적 원리'가 아니라 물, 바람, 지형이 서로 찬찬히 합을 맞추어 왔던 '조율의 시간'이 아닐까 싶다.

TV 프로그램 〈알쓸신잡〉을 보다가, 퇴계 이황과 고봉 기대승의 '철학 논쟁'에 대한 이야기를 접하게 됐다. 8년이라는 논쟁의 기간도 충분히 놀라웠지만, 서신에 배어나오는 두 사람의 태도가 특히나 인상적이었다. "가르침을 청합니다." "이렇게 하면 괜찮을지 모르겠습니다." "황이 고개를 숙입니다." 이 몇 가지 표현만 보더라도, 두 사람이 얼마나 존중과 이해, 겸허한 받아들임의 자세로 서로를 대했는지가 짐작된다. 하긴 그러니, 8년 동안의 조율이라는 것이 가능했겠지.

아, 그나저나 이황과 기대승의 8년 논쟁의 끝은 어떻게 종지부를 찍었을까? 서신의 마지막 문구는 이랬다. "처음에는 의견이 들쭉날쭉하여 달랐으나, 끝내는 찬란하게 같은 데로 모아졌다." 조율의 진수다.

조율, 생각보다
복잡하지 않을 것 같다

조율은 '다름'을 당연히 여기는 순간부터 수월해진다. 애초부터 너와 나는 똑같지 않았으며 그러므로 동일한 배분에 욕심 부릴 것도 없다는 생각. 애초부터 달랐던 존재들끼리 꾸역꾸역 균등한 동행을 고집할 필요는 없다는 생각이 조율을 가능하게 한다.

우리들의 '조율력'이 가장 폭발하는 순간은 '여행'이다. 여행자 신분이 되면, 우리는 기존의 습관들을 순순히 내어주고, 그곳 사람들의 에티켓을 기꺼이 받아들인다. '다를 수 있다'는 사실을 일찌감치 인정한 상태이기에, 그 어떤 불편도 그다지 불만스럽지 않다. 거기에다 한술 더 떠, '이 낯선 생활방식엔 어떤 지혜가 담겨 있을까?'라며 나름의 합리성을 뒤적여보기도 한다. 그렇게 여행자들은 잠재

된 조율력을 끄집어내어, 자신의 세계를 조금씩 확장시켜 간다. 그 조율이라는 걸 하려고, 여행길에 나서는 건지도.

'균등함에 대한 강박을 버리고, 주어진 흐름 안에서 자연스레 물들어가는 것.' 조율의 시작은 생각보다 간단해 보인다.

그때 우리가
헤어진 이유

문득 이런 생각이 든다. 느긋하게 조율할 줄 아는 마음이 조금 더 이른 시기에 준비돼 있었다면, 보다 더 화사한 20대를 보낼 수 있었을 텐데. 그때의 우리는 참 조율에 서툴었다. 그는 다큐멘터리를 좋아했고, 난 드라마를 좋아했다. 그는 산을 좋아했고, 나는 바다를 좋아했다. 그는 술자리를 좋아했고, 나는 사색을 즐겼다.

달라도 너무 다른 우리의 취향들. 그때 그가 그리도 좋아했던 것들을, 난 좀처럼 즐기지 못했다. 서로의 취향을 견뎌내기 위해 부단히 노력했건만, 그게 맘처럼 쉽지가 않았다.

그런데 이제와 생각해보면, 다큐멘터리 안에도 드라마틱한 요소가 있었고, 술자리에서 더 심오한 사색이 가능

했으며, 산에서 내려다 본 바다가 더 아름다웠다. 알고 보
니 그의 취미들은, 나 역시도 해보고 싶었던 것들이었다.
세상의 모든 것에는 기꺼이 해보고 싶을 만한 이유가 꼭
들어 있다. 그러므로 세상 모든 것에는, 조율의 여지 또한
충분하다.

우리, 그때 그 마음으로
마주하게 되기를

가끔씩 때때로, 우리의 관점도 조율돼야 할 것 같다. 산책을 하고, 공연을 보고, 다른 종교를 기웃거려보는 등의 방식으로 고정된 삶의 테두리를 훌쩍 뛰어넘어보기로 한다.

질투도, 경쟁도, 과시도 없는 표준의 상태에서 멀어지지 않도록 수시로 나의 관점을 조율해볼 참이다. 적어도 우리가 만나는 날만큼은, 너 역시 그때 그 모습으로 조율되어 있기를. 너와 나 사이, 완전한 교감을 꿈꾼다.

다른 무엇도 아닌
나에 대하여

아무것도 아닌 것처럼 보이는 소소한 것들에 내재된 에너지를 믿는 편이다. 거창하고 수려한 문장보다는 수수한 몇 음절이 선사하는 뜻밖의 영감에 환호하는 편이다. 이 책은, 일상에서 마주한 단어들, 그 단어를 디딤돌 삼아 펼쳐본 잡다한 생각들에 대한 끼적임이다. 그러니, 가급적 늘어진 자세로 대수롭지 않게 읽어주기를. 정제된 책상머리보다는 뜨끈한 방바닥이, 유기농 샐러드보다는 바스락거리는 봉지 과자가 이 책과 합을 맞추기를. 그런 느슨한 시간 속에서, 우리의 평범한 일상도 고유한 빛깔을 드러낼 수 있길 고대해본다.

지금 이 시간, 그대의 1분 1초.

그래 아무것도 아닐 리 없다. 뭐라도 되고 있을 것이다.

2018년 봄, 어느 보통 날에